文春文庫

ジーヴズの事件簿

才智縦横の巻

P・G・ウッドハウス
岩永正勝・小山太一編訳

文藝春秋

ジーヴズの事件簿

才智縦横の巻

THE CASEBOOK OF JEEVES

by P.G.Wodehouse

P・G・ウッドハウス

岩永正勝・小山太一【編訳】

文春文庫

目次

ジーヴズの初仕事 7

ジーヴズの春
その一 ジーヴズ、知恵を絞る 46
その二 婚礼の鐘が鳴る 62

ロヴィルの怪事件
その一 アガサ叔母の直言 76
その二 真珠は涙か 87

ジーヴズとグロソップ一家
その一　ウースター一族の名誉の問題　106
その二　勇士の報酬　119
その三　クロードとユースタスの登場　128
その四　サー・ロデリックとの昼食　137

ジーヴズと駆け出し俳優
その一　紹介状　154
その二　エレベーター・ボーイの瞠目すべき装い　169

同志ビンゴ
その一　同志ビンゴ　188
その二　ビンゴ、グッドウッドで敗退　205

バーティ君の変心 —— 219

『ジーヴズの事件簿』刊行によせて　トニー・リング —— 247

P・G・ウッドハウス小伝　小山太一 —— 253

THE CASEBOOK OF JEEVES
by P.G. Wodehouse

ジーヴズの初仕事

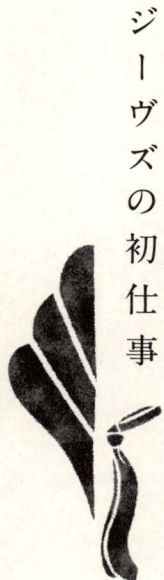

で、ジーヴズのことなんだが――うちの従僕《じゅうぼく》のジーヴズさ――僕らの関係を、どう言ったもんだろう？　僕がやつに頼りすぎだと思っている人間は多い。それどころかアガサ叔母なんぞは、ジーヴズのことを僕の飼い主とまで言った。でも、僕に言わせれば「それで何が悪い？」さ。あの男は天才だ。首から上の働きにかけては、誰一人かなうものはない。ジーヴズが来て一週間もたたないうちに、僕は自分のことを自分で処理するのをやめてしまった。それは五年ばかりまえ、フローレンス・クレイとウィロビー叔父の本とボーイスカウト小僧のエドウィンが絡んだへんてこりんな事件が片づいた瞬間のことだった。

そもそもの始まりは、叔父の屋敷のあるシュロップシャーのイーズビーに僕が戻ったときだ。夏の恒例どおり、あそこで一週間ばかり過ごしていたのだ。ところが、滞在を中断して新しい従僕捜しにロンドンまで出かけなければならなくなった。イーズビーに連れて行っていた従僕のメドウズが僕の絹の靴下をくすねたのが分かったのだ。僕も男一匹、そんなことを許しちゃおけない。そのうえ、やつは屋敷のあちこちでいろんな物を盗んでいたので、不本意ながらお役御免《ごめん》を申し渡すほかなかった。そこでロンドンに出て、紹介所に出向いて僕の好みに合う男を捜すよう頼んでいたのだ。紹介所がよこしたのがジーヴズだった。

やつが来た日の朝のことは、一生忘れないだろう。まえの晩、少しばかり賑やかにやりすぎたものだから、その朝は相当ふらふらだった。そのうえに、フローレンス・クレイからもらった本を何とか読もうとしていたのだ。彼女はイーズビーに泊まっていた客の一人で、出立《しゅったつ》の二、三日まえに僕と婚約したばかりだった。週の終わりには戻る予定になっていたから、それまでに読み終えるよう期待されているに違いない。つまり、フローレンスとしては僕の知的水準を少しでも自分に近づけたいと思っているわけだ。彼女はすばらしい横顔の持ち主だが、あふれんばかりに真面目さが詰まった人間でもある。それを示す絶好の例が、彼女が読めといって僕にくれた本の題名——『倫理理論の諸相』——じゃないだろうか。パラパラとめくってみると、あるページはこういう書き出しになっていた——

発話行為に内包される前提、つまり共通認識とは——それが帯びる任務において——言語を道具とする社会組織のありかた、および発話行為が達せんとする目的に合致するものであるといえよう。

まあ、真理には違いあるまい。しかし、二日酔いでむかむかする頭に詰めこむべき話題ではなかった。

この大層な本の肝所《かんどころ》だけでも押さえておこうと必死になっているところに、玄関のベルが鳴った。僕はソファーからよろよろと立ち上がってドアを開けた。黒っぽい髪をした、いんぎんな物腰の男が外に立っていた。

「紹介所からやって参りました。従僕をご入用《にゆうよう》と伺っております」

むしろ葬儀屋を呼べばよかったと思いながら、入るように言った。すると相手は、心を癒《いや》す西風のように音もなく入口を通過してきた。まず最初に、これで感じ入った。まえのメドウズは扁平《へんぺい》足でドタドタと歩いたのだ。この男には足がないようだった。漂うように入ってきたのだ。心配げに、気づかうような顔をしていた。若い男たちの夕食会がどんなものか、分かっている様子だった。

「ちょっと失礼いたします」男は静かに言った。

ふいに姿がゆらめいたと思ったら、もうそこにはいなかった。キッチンで動き回る音が聞こえ、しばらくすると、グラスを載せた盆を持って現われた。

「これをお試しくださいませ」加減の悪い王子様に強壮薬を注射しようとする侍医のような、うやうやしい様子で言った。「わたくしの考案したものでございます。色はウースター・ソースでございます。生卵が滋養になります。赤唐辛子《タバスコ》がピリッとした風味を

作りますみなさま、遅くなった翌朝にはまことに元気が出るとおっしゃってください
ます」
命綱になりさえすれば、何にでもすがろうと思っていた矢先だ。僕はそれを一気に飲
み干《ほ》した。しばらくの間、誰かが頭の中で爆弾を炸裂させ、火のついた松明《たいまつ》を手にして
喉《のど》を伝い降りるような感じがしたが、それから全身が爽快になった。陽《ひ》の光が窓から差
し込み、小鳥たちが梢《こずえ》でさえずりはじめた。世の中がまた明るくなってきた気分だ。
「採用だ！」声が戻るのももどかしく、僕は叫んだ。
間違いない、この男は世界の驚異だ。一家に一人いるべき男だ。
「ありがとうございます。名前はジーヴズと申します」
「すぐ始められるかい？」
「は、直《ただ》ちに」
「と言うのは、シュロップシャーのイーズビーに行くことになってるんだ、明後日《あさって》に」
「かしこまりました」と、ジーヴズは僕の肩越しにマントルピースの上を見た。「あち
らの美しいお写真はレイディ・フローレンス・クレイではございませんか？　最後にお
目にかかりましてから二年になります。わたくし、一時《いっとき》ロード・ワープルズドンのもと
でお勤めしておりました。お暇をちょうだいしましたのは、殿様が夜会用のズボンとフ
ランネルのシャツ、狩猟用の上着というでたちで夕食にお出ましになるのを見るに忍
びなかったためでございまして」

ワープルズドンの奇妙な性癖《せいへき》については僕も重々承知していた。なにしろ、フローレンスの父親なのだから。ついでの話だが、この親父さんは数年後のある日、朝食に下りてきて容器の蓋《ふた》をとるや「卵、卵、卵、いまいましい卵ばかり！」とげんなりした声で叫んで、そのままフランスへ行ってしまい、再び家族の懐《ふところ》に戻ることはなかった。実のところ、当の懐には幸せなことで、ワープルズドンは地元で一番の癇癪《かんしゃく》持ちだったのだ。

僕は一家と子供のころから付き合いがあり、子供時代以来ずっと、親父さんを死ぬほど恐ろしく思っていた。時間は最良の治療薬というが、育ち盛りの十五歳の僕が親父さん愛用の特製葉巻をくすねて吸っていたのを見つかったときの体験は、忘れようたって忘れようがない。この世で最も必要なのは孤独と安らぎであるとしみじみ感じはじめた僕を、親父さんが乗馬むち片手に追いかけてきて、二人で荒地を一マイル以上も走り回ったのだ。フローレンスとの婚約という喜びに一点の曇りがあるとすれば、それは彼女が父親似であること、従っていつなんどき爆発するか測りがたいことだった。それにしても、なんと見事な横顔だろう。

「レイディ・フローレンスとぼくは婚約中なんだ、ジーヴズ」

「さようでございますか？」

ジーヴズの態度には、どこか面白からぬものがあった。特別なけちの付けどころはないが、浮き立つものも感じられない。フローレンスが気に入らないような様子だ。もちろん、そんなのは僕の知ったことじゃない。たぶん、ワープルズドンの親父さんに仕えていたころに彼女が何か気にさわる真似《まね》をやったんだろう。フローレンスはいい娘《こ》だし、横から見たときには特に凄い美人なんだが、欠点といえば使用人に横柄なことだった。

話の途中で再び玄関のベルが鳴った。ジーヴズは滑《すべ》るように出て行くと、電報を手に戻ってきた。開いてみると、文面は……

スグカエレ、キンキュウジタイ、イチバンハヤイキシャニノレ　フローレンス

「なんだ、こりゃ！」

「いかがなさいました？」

「いや、何でもない」

僕がそれ以上打ち明けなかったという一事をもってしても、そのころの僕がいかにジーヴズを知らなかったか分かろうというものだ。いまなら、変てこりんな電報を読んだときにジーヴズの意見を聞かないなんて考えられない。とりわけ、この電報は奇っ怪だ。フローレンスは僕が明後日にはイーズビーに戻ると承知している。それなのに、この急《せ》かせようはどうだ？　何か事件が起きたに違いない。それが何かは見当もつかなかったが。

「ジーヴズ」僕は言った。「イーズビーには今日の午後出かける。何とかできるか？」

「もちろんでございます」

「荷造りやなんかのことも？」

「造作もございません。旅行用のお召し物は何になさいますか？」

「これだ」

その朝、僕はかなり派手なチェックのスーツを着ていた。たいへん気に入りで、少なからず自慢の一着だった。初めて見た瞬間はちょっと気後《きおく》れするが、しばらくすると突然よさが分かるのだ。倶楽部《クラブ》でもどこでも、みんな手放しでほめてくれる代物だった。

「は、さようで」

やっぱり、ジーヴズの態度が面白くない。なんというか、口調が違うのだ。このスーツが気に入らないらしい。僕はしっかりせねばと気を引き締めた。何者かがささやいてくる――十分注意して若芽のうちに摘んでおかなければ、こいつはすぐに親分風を吹かせはじめるぞ、と。この顔を見れば、頑固なのは一目瞭然だ。

そんなことはさせるものか！　従僕の完全なる奴隷《どれい》に成り下がった男たちを、僕はくさるほど見てきている。かわいそうなオーブリー・ファザギルがある晩倶楽部で涙ながらに語ってくれた話が頭に浮かんだ。とても気に入っていた茶色の靴を、従僕のミーキンが許してくれないせいであきらめざるをえなかったというやつだ。こういう連中には、分《ぶん》をわきまえさせる必要がある。ビロードに包んだ鉄拳というやつだ。当たりは柔らかくとも、効き目のあるやつを、一発喰らわせてやらねば。一つでも与えると、全部取られてしまうのだ。

「このスーツが気に入らないようだな、ジーヴズ？」僕は冷たい声で言った。

「滅相《めっそう》もないことです」

「いったいどこが気に入らない？」

「大変ご立派なスーツで」

「そうじゃないだろう。何が悪いんだ？　言ってみろ」

「もし申し上げてよろしければ、無地の茶か青、おとなしい綾織か何かの——」

「たわけたことを！」

「よろしゅうございます」

「全くのたわごとだぞ、おまえ！」

「仰《おお》せの通りかと」

これではまるで、階段を登る途中で一段あると思って踏み出したら何もなかったときのようだ。何かに気持ちをぶつけたいのに、ぶつける物がない。

「よし、もういい」

「承知いたしました」

ジーヴズは仕事道具を取りに出て行き、僕は『倫理理論の諸相』を取り上げて「意識心理学倫理」の章と格闘しはじめた。

その日の午後の車中では、行く手に待つものは何だろうという思いで頭が一杯だった。

何が起こったのか想像もつかなかった。上流階級を扱った小説に出てくるような田舎の邸宅とは違って、イーズビーは若い娘がバカラ賭博《とばく》に誘い込まれて宝石から何から身ぐるみ剝《は》がれるような場所じゃない。僕がいっしょだった泊まり客も、僕と同じく遵法《じゅんぽう》精神の持ち主ばかりだった。

それに、叔父が自分の屋敷でそんなことを許すはずもなかった。叔父は堅苦しく几帳面で、静かな生活を愛する男だ。一年がかりで書いてきた家族の歴史か何かを仕上げる寸前で、ほとんどの時間を書斎で過ごしている。若いころはやんちゃで歳《とし》を取ってから固くなるのが一番だというが、その見本みたいな男だ。若いころのウィロビー叔父は相当の遊び人だったと聞いたことがある。いまの様子からは想像もできないが。

屋敷に着いてみると、執事のオークショットが言うには、フローレンスは自分の部屋で小間使いが荷造りするのを監督しているという。その日の夜二十マイルばかり離れた屋敷でダンス・パーティがあり、イーズビーの泊まり客の何人かといっしょに車で出かけて、二、三日留守にするようだ。お着きになりしだいお知らせするよう言われておりますとオークショットが言うので、おずおずと喫煙室に行って待っていると、フローレンスが現われた。一目見ただけで、そわそわしている——いや、いらいらしているのが分かった。目玉をぎょろつかせ、ご機嫌は明らかにたいそう斜めだった。

「ダーリン!」そう言いながら、僕はぎゅっと抱きしめようとした。しかし彼女はバンタム級のボクサーみたいなサイド・ステップで僕をかわした。

「やめて！」

「どうしたの？」

「どうもこうもないわ！　バーティ、あなた出がけに、叔父さまに優しくしてくれってわたしに頼んだでしょう？」

「うん」

種を明かせば、当時僕は財政的にウィロビー叔父が頼りで、叔父の許可なくしては結婚もできなかったのだ。叔父はフローレンスの父親とオックスフォード以来の知り合いだったから、彼女に反対だとは思えないが、万が一の場合を考えて叔父には気に入られるようにと言っておいたのだった。

「家族の歴史を読んで聞かせてほしいと頼んだら、特に大喜びするだろうと言ったわね」

「喜ばなかった？」

「大喜びだった。昨日の午後書き上げたばかりとかで、ほとんど全部読んでくれたわ。わたし、生まれてからあんなにショックを受けたことはなかった。あの本は言語道断よ。醜悪よ。身震いがする！」

「でも、どうして？　そんなに悪い一族じゃないぜ」

「あれは一族の歴史なんてものじゃありません。叔父さまは回想録を書いたのよ。『永き人生の回顧』と名づけてるの」

少し分かりかけてきた。さっき言ったとおり、ウィロビー叔父は若いころはちょっとしたワルだったのだが、そういう人間がいまになって永い人生を振り返る段になると、あれやこれや出てこずにはすむまい。

「あそこに書いてあることが半分でも本当なら、叔父さまの若いころは自堕落のきわみね。読みはじめてすぐに出てきたのがとんでもないスキャンダル、叔父さまとうちの父が一八八七年にミュージック・ホールから叩き出された事件」

「どういう理由で?」

「そんなの、口に出せません」

相当ひどい振る舞いをしたに違いない。あの時代にミュージック・ホールから叩き出されるとは、よほどのことだ。

「その夜の手始めに父がシャンペンのマグナムボトルを一本まるまる平らげたなんて、量まで詳しく書いてあるの。そんな話で一杯。ロード・エムズワースについてもひどいことが書いてあるの」

「ロード・エムズワースだって? ぼくらが知っている? まさか、あのブランディングズの?」

ロード・エムズワースといえば、このうえなく穏健な老紳士じゃないか。最近では移植ごてで土を掘り返すだけの生活を送っているはずだ。

「そのご本人なのよ。だから、あの本は口に出すのもはばかられるというの。いまでは道徳のお手本みたいに思われている人たちが、八〇年代のロンドンでは捕鯨船の船員部屋ですら許されないようなことをやっていた。しかも、あなたの叔父さまは、あらゆる人が二十代にやった破廉恥《はれんち》な行いをいちいち覚えているみたいなの。ロシャーヴィル・ガーデンズのサー・スタンリー・ジャーヴェス＝ジャーヴェスの話もあって、それがもう、頭が痛くなるくらい微《び》に入り細をうがっているのよ。どうやら、サー・スタンリーは——でも、とても口に出せないわ」

「言ってみろよ！」

「だめ！」

「まあ、でも、ぼくは心配しないな。そんなにひどいんだったら、本にする出版社なんてないさ」

「ところがそうじゃないの。叔父さまがおっしゃるには、リッグズ・アンド・バリンジャー出版と話がついていて、いますぐ出版にかかれるように明日原稿を送る手筈になっているらしいのよ。この手の本を専門にやっているみたい。レイディ・カーナビーの『八十年の数奇の生涯』を出した会社」

「ぼくも読んだぞ！」

「叔父さまの回想録にかかったらレイディ・カーナビーもはだしだと言えば、わたしの気持ちは分かるでしょう。父はほとんど全部の章に登場するのよ！　空恐ろしくなるわ、父が若いころにやったことを考えると！」

「原稿がリッグズ・アンド・バリンジャーに届くまえに横取りして処分するの」

　僕は座り直した。

　どえらく大胆な計画だ。

「きみ、どのようにやるつもり？」

「わたしが？　小包は明日の朝に出すって言ったの聞いてなかったの？　わたしは今晩マーガトロイド邸のダンスに出かけて月曜まで戻りません。あなたやって。それで電報を打ったのよ」

「何だって！」

　彼女は僕を睨《にら》みつけた。

「わたしを助けるのを拒否するというの、バーティ？」

「いや、でも──なあ！」

「簡単なことでしょ」

「でも、ぼくが──その──もちろん、できることなら何でもやるさ──でも──ぼくが言いたいのは──」

「わたしと結婚したいと言ったわね、バーティ？」

「もちろん、言ったよ。それにしても──」

　一瞬、彼女は親父さんに生き写しの表情をした。

「どうしたらいい？」

「もし回顧録が出版されたら、あなたとは結婚しません」

「でも、フローレンス！」

「わたし本気よ。バーティ、これをテストと考えなさい。この件をやりとげる才覚と勇気があるようなら、あなたはみんなが言っているようなふらふらした意気地《いくじ》なしではないんだと思ってあげます。もし失敗したら、あなたのアガサ叔母さまが正しかったことになるわね。あの子は根性なしの軟体動物だから、ぜったい結婚してはだめとおっしゃってたもの。原稿の横取りなんかお茶の子じゃないの、バーティ。ちょっとその気になりさえすれば」

「でも、ウィロビー叔父さんに捕まったらどうする？　縁を切られて放り出されちゃうよ」

「わたしより、叔父さまのお金のほうが大事だと――」

「違う、違う！　そんなことないよ！」

「そう、ならいいわ。原稿の入った小包は、明日の朝、大広間のテーブルの上に置かれて、オークショットが他の手紙といっしょに村の郵便局に持っていきます。あなたの仕事といえば、それを盗《と》ってきて処分するだけ。叔父さまは、郵送の途中で紛失したとお思いになるわよ」

「控えはないのかい？」

　僕には、そんなにすんなり行くとは思えなかった。

んです」

「ありません、タイプしたものじゃないから。手書きをそのまま送ることになっている

「でも、もう一度書き直すかも」

「そんな根気があるものですか！」

「でも――」

「あなたが屁理屈ばかり並べて何もしないのなら、バーティ――」

「ぼくはいろんな可能性を挙げているだけだよ」

「いい加減になさい！　も一度だけ訊くけど、このちょっとした親切をしてくれるの、くれないの？」

この言い回しを聞いて、僕は閃《ひらめ》いた。

「エドウィンにやらせるのはどうだい？　密事は内輪に、とかいうじゃないか。それに、エドウィンは喜ぶぜ」

僕にはすばらしいアイディアに思えた。エドウィンはフローレンスの弟で、休みをイーズビーで過ごしている。イタチのような顔をした少年で、僕はやつが生まれたときからずっと大嫌いだった。そうそう、回想とか回顧とかいうので思い出したけど、九年まえ、僕が親父さんの葉巻を吸っているところに本人を手引きしてきて酷《ひど》い目に遭わせたのがこのエドウィンだ。いまでは十四歳、ボーイスカウトに入隊したばかりだった。何事も徹底してやる子供で、スカウトとしての責任を重く感じていた。一日に一つの親切という

義務を果たすのがとどこおりがちで、いつでも気もそぞろといった様子。どんなに頑張っても遅れてしまい、何とか挽回《ばんかい》せんものと屋敷の内外をうろついて回るものだから、イーズビーは住人にとっても動物にとっても地獄の様相を呈しはじめているのだ。

だが、このアイディアはフローレンスのお気には召さなかったらしい。

「わたし、そんなことはしません。あなた、わたしの好意が分かっていないんじゃないの――こんなに信頼してあげてるのよ」

「それは分かってるさ。でも、ぼくが思うに、エドウィンのほうがはるかに上手くできるはずだよ。ボーイスカウトの子供たちは探偵はだしなんだぜ。足跡を追っかけたり、隠れたり忍び込んだり」

「バーティ、あなた、こんな些細《ささい》なことをやってくれるの、くれないの？　くれないのだったら、いまここで、そう言いなさい。わたしのために指一本動かすつもりもないと認めることね」

「フローレンス、ぼくはきみを心から愛しているんだよ」

「だから、やるの、やらないの？」

「いいよ、やるよ」僕は言った。「やるとも！　やるとも！　やりますとも！」

少し考えようと部屋を出ると、すぐ外の廊下にジーヴズがいた。

「失礼いたしました。お捜ししておりました」

「何かあったのか？」

「お知らせしたほうがよろしいかと存じまして。誰かが茶色の散歩靴に黒い靴墨を塗りました」

「何！　誰が？　なぜ？」

「分かりかねます」

「何とかならんのか？」

「いかんとも」

「くそっ！」

「では、失礼いたします」

あの一件以来何度も考えたのだが、殺し屋というやつは、行動に移るまでのあいだ、いったいどうやって平気な顔でいられるんだろう。僕の仕事のほうがはるかに簡単なはずなのに、その夜はそのことが頭を離れず、翌朝は惨憺《さんたん》たるありさまだった。目の下には黒いくまができていた——いや、ほんとに。ジーヴズを呼んで例の蘇生液を作ってくれと頼む始末だった。

朝飯がすむと、駅で置き引きをする泥棒のような気分がしてきた。小包が大広間のテーブルに置かれるまでそこらをうろついているのだが、一向に置かれる気配がない。一世一代の著作に最後の手を入れているのだろう、ウィロビー叔父は書斎にこもりきりだ。その間、考えれば考えるほど嫌になってきた。うまく横取りできるチャンスは四割ぐらいか。しかも、失敗したときのことを考えると背筋が寒くなった。ウィロビー叔父はいつもは柔和《にゅうわ》な男だが、時として乱暴になることは経験上知っている。畢生《ひっせい》の大作をつかんで逃げ出すところを見つかったら、とてもただではすむまい。

小包を脇に抱えた叔父が書斎から出てきて、それをテーブルに置いて出て行ったのは四時近くなってからだった。僕は南東方向においてある鎧《よろい》の陰に隠れていた。テーブルに向かって飛び出した。そして獲物を隠すべく階段を駆け上がった。野生の馬みたいに勢いよく部屋に飛び込んだので、誰かを蹴飛ばしそうになった。あの憎たらしいボーイスカウトのエドウィンだ。たんすのそばに立って僕のネクタイをひっかき回していたのである。

「こんにちは！」エドウィンが言った。

「ここで何をしている？」

「部屋を片付けているんだ。まえの土曜の分の親切行為さ」

「まえの土曜？」

「五日ぶん遅れてるんだ。昨日の晩までは六日分だったけど、靴を磨いてあげたから」

「きみか、あの――」

「そうだよ、見てくれた？　たまたま気がついたんだ。ぼく、ここにきて捜してたんだよ。あなたが居ない間バークリーさんがここに泊まっていて、今朝出かけたでしょう。忘れ物があったら送ってあげようと思って。ぼくは、よくこんなやりかたで親切をしてあげるんだ」

「さぞかしみんな喜ぶだろうな！」

この憎たらしいがきを一刻も早く追い払わねばならぬことが、いよいよ明白になってきた。小包は後ろに隠していたから、見られたはずはない。だが、他に誰が来ないとも限らないから、とっととエドウィンにたんすを明け渡させねば。

「部屋の片付けなんてどうでもいいよ」

「片付けるのが好きなんだ。ぼくには朝飯前さ、ほんとに」

「もうきれいじゃないか」

「ぼくがやったら、もっときれいになるよ」

進退きわまるとはこのことだ。やりたくはないが、この子供を動かすには殺すしか手はないのか。僕は頭をしぼった。すると我が親愛なる脳細胞が働き出した。アイディアが浮かんだ。

「ここでやるより、もっと親切な行為があるぜ。そこに葉巻の箱があるだろ？　喫煙室に持っていって吸い口を切るんだ。そうしてくれればとても助かる。さあ、早く」

エドウィンはいささか怪訝《けげん》な顔をしたが、それでも出て行ってくれた。僕は小包を引出しに押し込んで錠をおろし、鍵はズボンのポケットにしまった。頭の弱い僕でも、イタチ顔の子供を上手くはめてやるくらいはできるのだ。再び階下《した》に戻り、喫煙室の前を通りかかるとエドウィンが飛び出してきた。一番の親切になるから、どうか自殺してくれないかと言いそうになった。

「いま葉巻を切っているところだよ」エドウィンは言った。

「切りつづけろ！　どんどん切って！」

「大きく切るほうが好き、それともちょっと？」

「中ぐらい」

「分かった。それじゃあ始めるよ」

「さあ、やった、やった」

僕らは別れた。

この手の仕事に詳しい人間、たとえば刑事なんかに言わせると、この世で一番難しいのは死体の処理なんだそうだ。子供のころ暗誦《あんしょう》させられた詩で、死体の片付けでひどい目に遭ったユージーン・アラムという男が出てくるのがある。いま思い出せるのは、次の部分のリズムと切れっぱしの文句だけだ。

タン・タン　タン・タン　タン・タン・タンティ・タン、
奴《やつ》を殺《や》ったぞ　タン・タン・タン・タン！

だが、筋は覚えている。死体を池に捨てたり土に埋めたりして貴重な時間をうんと使ったにもかかわらず、この哀れな男はどうしても死体から逃れられないのだ。小包を引出しに入れて一時間ほどたつと、僕も全く同じ立場にいるような気分になってきた。

回顧録の処分についてフローレンスはさも簡単に言ってのけたが、いざ実行となると、あの膨大な手記を他人の家で、しかも夏の最中《さなか》、どうして処分できる？　温度が二十五度もあるときに、部屋に火を持ってこいとは頼めない。燃やせないとすれば、どう処分できる？　戦場の密使たちは、敵の手に落ちるのを防ぐために伝文を食べたという。でも、ウィロビー叔父の回顧録を食べ終わるには一年はかかるだろう。

この難問には、全くお手上げだったというほかはない。できることといえば、小包を引出しの中に入れたまま、何事も無かれと祈るだけだ。

似たような経験をお持ちかどうか知らないが、心の隅に犯罪を秘めておくほど気持ちの悪いものはない。日の暮れには、引出しを見るだけで心が沈んでいった。全身が神経になったみたいに、ピリピリしていた。喫煙室に一人でいたときにウィロビー叔父が音もなく入ってきて、それに気付いていなかった僕に話しかけたときなど、座り高跳《と》びの世界記録を作ったかと思うほど高く跳び上がったものだ。

ウィロビー叔父がいつ気付くだろうと、僕は考えつづけた。土曜日の午前中までは、異変に気がつくはずはない。それ以前に、出版社から原稿入手の確認の電話が入ることはありえないからだ。ところが、金曜日の夕方まだ早くに叔父が書斎から顔を出して、入れと言った。ひどく取り乱した様子だった。

「バーティ」叔父はいつもの勿体《もったい》ぶった調子で言った。「実に心配な事件が起こった。

知ってのとおり、わしは手記の原稿を昨日の午後に出版社のリッグズ・アンド・バリンジャーに送った。だから、向こうには今朝一番で配達されていなければならん。虫の知らせか知らんが、この小包が確実に届くかどうかいささか心配になってきたので、ついさっきリッグズ・アンド・バリンジャーに電話で問い合わせてみた。驚いたことに、向こうではまだ原稿を受け取ってないというのだ」

「それは変ですね」

「村に持っていくための時間の余裕を十分《じゅうぶん》持たせて、自分でテーブルに置いたのを覚えておる。ところが、妙なことがある。他の手紙類を郵便局に持っていったオークショットといましがた話したら、小包は見た覚えがないと言うんだ。手紙を取りに大広間に行ったときも小包はなかったと、自信を持って言い張りおる」

「おかしいですね！」

「バーティ、わしが睨んでいるところを聞きたいか？」

「何です？」

「おまえには信じがたいだろうが、これしか合致する説明がない。あの小包は盗まれたと思わざるをえんのだ」

「えっ、ほんとに？　まさか！」

「待て、最後まで聞け。いままでおまえにも他の者にも言わなかったが、ここ一、二週間ばかり、この屋敷ではいろんなものが――高価なのもそうでないのもあるが――頻々《ひんぴん》と消えているという事実がある。必然的に行き着く結論は、この屋敷に誰か盗癖《とうへき》のある人間がいるということだ。先刻承知だとは思うが、盗癖のある人間は品物の価値に全くこだわらない。ダイヤの指輪を盗むかと思えば古びた上着を失敬するし、金貨の詰まった財布を盗むときも数シリングのパイプをくすねるときも同じ情熱を燃やす。このわしの手記が他のものには何の価値もないことを考えると、結論としては――」

「でも、叔父さん、ちょっと待って。屋敷で盗みがあったのはぼくも知っています。やったのはメドウズです、ぼくの従僕の。やつが盗ったんです。ぼくの絹の靴下を盗ろうとしているところを捕まえました。現行犯ですよ、驚いたことに！」

叔父はいたく感心した。

「驚いたぞ、バーティ！　すぐその男をここへ呼んで尋問しよう」

「やつはもういませんよ。靴下泥棒と分かったとたんに追い出しましたから。ぼくがロンドンに出向いたのは――ですから、新しい従僕を捜すためだったんです」

「だとすれば、そのメドウズはもう屋敷におらんかったのじゃから、わしの手記を失敬したのはやつではないことになる。どうも分からん」

その後、二人はしばらく黙り込んだ。ウィロビー叔父は困惑の表情を浮かべながら歩き回り、僕はやるせなく煙草を吸いながら、小説で読んだ殺人犯を思い出していた。そいつは一人の男を殺して食卓の下に死体を隠し、同じ部屋で開かれた晩餐会の席では何事もなかったように陽気に振舞わなければならなかったのだ。僕の罪悪感はあまりに強く、とてもじっとしてはいられなかった。もう一本煙草に火をつけ、頭を冷やすために外へさまよい出た。

夏らしい静かな宵《よい》で、一マイル先のカタツムリの咳払いさえ聞こえるようだった。太陽は丘の向こうに落ちようとし、ユスリカがいたるところで舞い飛んでいた。露が静かに下りはじめたのだろう、すべてが最高に芳《かんば》しく、この静けさに僕の心はようやく癒されてきた。そこに突然、誰かが僕の名前を口にしたのだ。

「バーティのことなんですが」

エドウィンの嫌らしい声だ！　しばらく声の方角がつかめなかったが、ややあって書斎の方角だと分かった。ちょうど、開け放たれた窓から二メートルぐらいのところにいたのだ。

通常の人間ならたっぷり十分はかかる仕事を一ダースばかりも一気に処理できる男の話を小説で読んだりすると、そんなこと可能なんだろうかと思うものだ。ところが実のところ、僕がギクリとして煙草を投げ捨てて悪態をつき、十メートルも跳躍して書斎のそばの植え込みにもぐりこみ、耳を象のようにそばだてて聴き入るまでには、まさしく一息もかからなかった。とんでもない事態が発生しつつあるのは、火を見るより明らかだった。

「バーティのことだって？」ウィロビー叔父の声だ。

「そう、バーティと叔父さんの小包のこと。さっきバーティとお話し中だったのを聞きました。小包はあの人が持ってるに違いありませんよ」

この恐るべき話を聞いている最中、上の枝からかなりの大きさのコガネムシが首筋に落ちてきたが、身動きすることも捻《ひね》りつぶすこともできなかった。これだけで、僕の窮状が分かるはずだ。すべてがまずい方向に向かっている。

「いったいどういう意味だ、おまえ？　パーティとはほんの今しがた小包の話をしたが、あれも五里霧中の様子だったぞ」

「でも、きのうの午後、ぼくが親切をするためにあの人の部屋にいたら、あの人が小包を持って入ってきたんです。背中に回して隠そうとしたけど、ぼくは見ちゃった。そしたら、喫煙室に行って葉巻の端を切ってくれってぼくに頼んだんだ。二分ぐらいして下りて来たんだけど、そのときは小包は持ってなかった。きっとあの部屋にあるはずです」

こういうがき、どもに観察とか推理とかの能力を植えつけるのもボーイスカウトの仕事なんだろうが、全く、余計なことをしてくれるものだ。こっちの迷惑も考えてもらいたい。

「信じがたい話だ」この叔父の声を聞いて、僕は少し元気が出た。

「ぼくがあの部屋に行って見てあげましょうか」小悪党エドウィンの声だ。「小包はぜったいあそこにあるから」

「でも、いったい何のためにあんなものを盗むんだ？」

「あの人はたぶん――ほら、さっき何とか言ってましたよね？」

「盗癖か？　そんなはずが！」

「いろんな物を盗ったのは全部バーティじゃないかな」小悪魔めは、わくわくした声で言った。「ラッフルズみたいな男だよ」

「ラッフルズ？」

「ホーナングとかいう人の本に出てくる、何でもちょろまかして回る男」

「バーティがそんな、その――ちょろまかして回るなどとは信じられん」

「でも、小包はぜったいバーティの部屋にあります。どうしたらいいか、教えてあげますよ。バークリーさんから電報で、ここに忘れ物をしたと言ってきたとバーティに言うんです。あのひと、バーティの部屋に泊まってたでしょう。ちょっと捜したいと言えばいいんです」

「できんことはないが、しかし――」

　これ以上聞いてはいられない。緊急事態だ。僕は生垣《いけがき》の中からそっと抜け出し、正面玄関めがけて突っ走った。階段を駆け上がり、部屋に着くと、小包を入れた引出しへと向かった。そこで、鍵を持っていないのに気がついた。間が悪いにもほどがある――こんなときになって、ゆうべ夜会用のズボンのポケットに移してそのまま忘れていたのを思い出すとは。

　夜会服のセットはどこだ？　あちこち捜したあげく、ジーヴズがブラシをかけるために持ち去ったに違いないと気がついた。呼び鈴に飛びついて振ったのも、一瞬の早業だった。呼び鈴を鳴らしおえた瞬間、外に足音がして、ウィロビー叔父が入って来た。

「バーティ」叔父はぬけぬけと言った。「そのう、だな、バークリーから電報が来て――やつはおまえがいないあいだこの部屋を使っておったんじゃが、うっかり――なんだ――シガレット・ケースを忘れたので、送ってくれと言ってきた。階下《した》では見つからんし、さてはこの部屋に置き忘れたんだと思いついた。だからわしは――その――ちょっと捜してみる」

いままで見たこともないような醜悪な光景だ――後生のことでも願っていればいい白髪の老人が、役者のように嘘をつきながら平然と立っているのだから。

「そんなもの、ありませんでしたよ」

「そうかもしれんが、捜してみよう。一応――その、やるだけのことはやってやらんとな」

「あるんだったら、ぼくにも見つかったはずですが、ありませ――」

「おまえが見逃した可能性もある。そこの――その――引出しに入ってはいないかな」

叔父は嗅ぎ回りはじめた。次々と引出しを引っぱり出し、猟犬のようにうろつき回り、バークリーだとかシガレット・ケースだとか呟いていたが、何とわざとらしく聞こえたことだろう。そこに立ちつくした僕は、一秒一秒体重が減っていくのが分かった。

ついに叔父は、小包の入っている引出しに手をかけた。

「鍵がかかっているようだ」引き手の金具をガチャつかせながら叔父が言った。「そう、ぼくならそれは放っときますね。その、なに、それは――鍵がかかってる、そういうことで」

「鍵は持ってないのか？」

背後で物柔らかい丁重な声がした。

「ひょっとしますと、これがご入用の鍵ではございませんか？　夜会用のズボンのポケットに入っておりました」

ジーヴズだった。僕の夜会服一式を手に漂うように入ってきて、鍵を差し出しながら立っていた。撃ち殺してやりたい気持ちだった。

「ありがとう」叔父が言った。

「どういたしまして」

次の瞬間、叔父は引出しを開け、僕は目を閉じた。

「ない」ウィロビー叔父の声だった。「ここにはない。空《から》っぽだ。いや、ありがとう、バーティ。邪魔をしたな。きっと、うん――バークリーは自分で持っていったに相違ない」

叔父が去ってしまうと、僕は慎重にドアを閉めた。そしてジーヴズに向き直った。ジーヴズは夜会服を椅子の上に並べているところだった。

「なあ――ジーヴズ！」

「は？」

「いや、何でもない」

どう切り出してよいかさっぱり分からない。

「なあ――ジーヴズ！」

「は？」

「おまえが――ひょっとしたら――もしかして――」

「小包はわたくしが今朝取り出しました」

「えっ――なに――なぜ？」

「そのほうが手堅いと考えまして」

僕はしばし考え込んだ。

「まあ、おまえには妙な話に聞こえるだろうな、ジーヴズ？」

「そんなことは全くございません。たまたま先日の夕方、レイディ・フローレンスとお話しになっているのを耳にしまして」

「聞いたのか」

「は、聞きました」

「では――えーと――ジーヴズ、その、言ってみれば――なあ、あの小包は、ロンドンに帰るまでおまえの預かりということで――」

「おっしゃるとおりに」

「そのあと――えーっと――まあ――どこかへ捨ててしまう――というのでどうだ？」

「お言葉どおりに」

「まかせていいか」

「おまかせください」

「なあ、ジーヴズ。おまえは最高の男だ」

「ご満足いただけるように努めております」

「百万人に一人の天才だ、ほんとに！」

「痛みいります」

「じゃあ、まあ、そんなところだな」

「かしこまりました」

フローレンスは月曜日に戻ってきたが、お茶《ティー》の時間まで顔を合わせなかった。人がいなくなってやっと、二人で言葉を交わす機会がやってきた。

「で、バーティ、どうなったの？」彼女が訊いた。

「だいじょうぶ」

「原稿は始末した？」

「厳密にいうと違うんだが――」

「どういう意味？」

「正確に言うと始末までは――」

「バーティ、何か持って回った言い方ね！」

「だいじょうぶだって。つまり――」

僕が事情を説明しようとしたそのとき、ウィロビー叔父が書斎から二歳の子供のようにはしゃいで飛び出して来た。これまでとは別人のようだった。

「いや驚いたぞ、バーティ！　たったいまミスター・リッグズと電話で話したんだが、今朝一番の配達で原稿を受け取ったそうだ。なんでこんなに遅れたのか分からん。田舎の郵便は本当になっとらんな。本局に抗議の手紙を送りつけてやろう。大切な荷物がこんなに遅れるとは、容認しがたい」

僕はちょうどフローレンスの横顔に見とれていたところだったが、彼女はぐいとこちらへ向き直り、僕の身体を刺し貫くような視線を放った。叔父が書斎に戻っていった後に生じた沈黙のどろどろとした重苦しさといったら、ほとんどスプーンでしゃくい取れそうなくらいだった。

「そんなはずがない」僕は叫んだ。「全く理解できない！」

「わたしはできる。はっきり理解できるわ、バーティ。怖くなったのね。叔父さまを怒らせるよりは――」

「違う！　ぜったい違う！」

「お金を失う可能性より、わたしを失うほうを選んだ。わたしが言ったこと、本気じゃないと思ったのね。でも、全くの本気。だから、婚約はこれでご破算」

「でも――そんな！」

「もう一言も口はききません！」

「でも、フローレンス！」

「何も聞きたくありません。アガサ叔母さまが正しかったのがよく分かりました。危機一髪のところで助かってよかった。辛抱強くやってみたら、何とかあなたをましな人間に作り変えられると思ったところもありました。でもいま、本当にあなたはどうしようもない人間だと分かったわ」

　フローレンスはそう言い捨て、打ちひしがれた僕を残して去った。なんとか少し落ち着くと、僕は部屋に戻り、呼び鈴でジーヴズを呼んだ。やつは何事もなかったような、これからも何も起きないと確信しているような、平然とした顔つきで入って来た。窮地に立っているというのに、これ以上の冷静さはない態度だ。

「ジーヴズ！」僕は怒鳴った。「ジーヴズ、小包がロンドンに着いたぞ！」

「は、さようで？」

「おまえが送ったのか？」

「はい、送りました。それが最善の策でございましたから。あなたさまとレイディ・フローレンスは、サー・ウィロビーの回想録に登場される方々がたいそうお怒りになるとお思いになったようですが、それは思い過ごしです。わたくしの経験からいたしますに、内容がいかなるものであるにせよ人間は自分の名前が活字になるのを喜ぶものでございます。わたくしの伯母が二年ほどまえ脚がふくれ上がる奇病に取り付かれたのですが、ウィルキンショーの特効軟膏《なんこう》を試してみますと大変効能がありましたそうで。たいそう喜んで、頼まれもしないのに薬屋に体験記を送りました。使用前の見るも無残な脚の写真もいっしょに新聞に載ったのですが、伯母はそれをたいそう自慢にしておりました。これを見ましても、世の中の話題になるということは、内容がどうであれ、みなさま嬉しいものでございます。それに、心理学を勉強なされば分かりますが、世間の尊敬を集めている老紳士というものは、若いころに手に負えない遊び人だったと知れわたるのを嫌がらないものなのです。げんに、わたくしの伯父が——」

こいつの伯母、伯父、それに本人も含めてひとまとめに呪い殺してやりたかった。

「レイディ・フローレンスがぼくとの婚約を破棄したのを知ってるか？」

「さようでございますか？」

同情のかけらもない！　良い天気ですねと言われて相づちを打ったような顔だ。

「おまえはクビだ！」

「承知いたしました」

ジーヴズは軽く咳払いをした。

「もはやお仕えしている身ではございませんから、いささか思うことを述べさせて頂きます。わたくしの見ますところ、あなたさまとレイディ・フローレンスとはご相性がよくありません。お嬢さまは頑固なご性格で、気性が変わりやすく、あなたさまとは正反対の方です。わたくしはロード・ワープルズドンに一年ほどお仕えいたしましたから、令嬢をたっぷり観察することができました。使用人部屋の評判も、上々とは程遠いものでした。令嬢のご癇癪《かんしゃく》には、われわれみな眉をひそめたものです。手に負えないような折も、しばしばございました。あの方と結婚なさっては、断じて幸せになれません。断じて！」

「出て行け！」

「それに、お嬢さまの教育方針がいささか押しつけがましいのはお気づきになったはずです。お嬢さまがプレゼントなさった本がこちらに到着以来テーブルに載っておりましたので、ちらりと拝見しました。思いますに、あの本は全くふさわしくありません。お読みになっても面白くないはずです。それと、お嬢さまお付きの小間使いから直接聞いたのですが、その小間使いが、お嬢さまとここに泊まっていらっしゃるミスター・マックスウェルという殿方――どこかの雑誌の編集をしているという方ですが――そのお二人の話を立ち聞きしたそうです。そのとき、お嬢さまはあなたさまにすぐにでもニーチェに取りかからせるつもりだとおっしゃったそうです。あなたさまにはニーチェは楽しめません。あの男の考えは根本が狂っております」

「出て行け！」

「承知いたしました」

妙なもので、一晩ゆっくりと考えてみると物の見方はずいぶん変わるものだ。そういう経験が何度もある。どういうわけだか、翌朝目覚めてみると、僕の心はゆうべほど痛みを感じていなかった。すばらしい朝で、窓から降りそそぐ陽の光や蔦《つた》のあいだで囀《さえず》り交わす小鳥たちにも活気が感じられ、しばらくたつと、ジーヴズの言葉が正しかったのではないかという気がしてきた。たしかにフローレンス・クレイは抜群の横顔を持っているが、さて本気で婚約するとなると、実はそれほど幸せなことだろうか？　彼女の性格についてジーヴズが言ったことにも、理がありはしないか？　そのうち、僕の理想の妻は彼女とは正反対だと分かってきた。甘えん坊でたおやかで、たわいもないおしゃべりが大好き、そんな女性でなければ。

考えがそのように移ってきたところで『倫理理論の諸相』が目にとまった。開いてみると、驚くなかれ、次のような一文が飛び込んできた。

ギリシャ哲学の中には相反する二つの概念がある。そのうちの一つのみが真であり実態を有する。イデア的思念と呼ばれるもので、これのみが外界に貫入し、それを形成するのである。もう一方は、人性《じんせい》に従うもの、それ自体現象的であり真に非ざるものであり、永続する根拠を持たず、それを持続的に真ならしめる属性を有しない。一言にしていわば、それが否定から救い出されるためには、内心的現実が外面化したものを包摂《ほうせつ》するしかないのである。

こりゃあいったい——何のことだ？　そのうえ、ニーチェはこれよりもひどいらしいじゃないか！

「ジーヴズ」と、あの男が朝の紅茶を持ってきたのに向かって僕は言った。「ずっと考えていたんだが、おまえをまた雇うことにする」

「ありがとうございます」

僕は馥郁《ふくいく》たる香りを口一杯に含んだ。この男の判断力に対する深い尊敬の念が染みわたってきた。

「それから、ジーヴズ。あのチェックのスーツだが」

「は？」

「そんなにまずいか？」

「やや突飛すぎるかと存じます」

「でも、仲間の多くがどこの仕立て屋だと訊くぜ」

「間違ってもそこで注文しないためでございます」

「でも、ロンドンでも一番のいいやつなんだ」

「その仕立て屋の気立てには、わたくしも異存ございません」

僕はちょっと考えた。どうも金縛りにされそうな気がする。ここで降参すれば、僕もあの哀れなオーブリー・ファザギルみたいに、自分の魂を自分のものと呼べなくなってしまうだろう。もっとも、この男は稀有《けう》の頭脳の持ち主だから、僕に代わっていっさいの考え事をやらせたらこんな楽なことはない。僕は決めた。

「分かった、ジーヴズ」僕は言った。「なら、あの変なのは誰かにくれてしまえ！」

聞き分けのない幼児を見守る父親のように、ジーヴズは柔和な表情で僕を見下ろした。

「ありがとうございます。昨晩、庭師の助手に下げ渡しました。もうすこし紅茶を召しあがりますか？」


(*Jeeves Takes Charge*, 1916)

ジーヴズの春

その一　ジーヴズ、知恵を絞る

「おはよう、ジーヴズ」

「おはようございます」

ジーヴズがいつもの紅茶のカップをベッド脇のテーブルにそっと置き、僕は目覚めの一口を味わった。今朝もやっぱり完璧だ。熱すぎず、甘すぎず、薄すぎず濃すぎず、ミルクは適量で、受け皿には一滴のこぼれもない。驚嘆すべき男だ、ジーヴズというやつは。あらゆる分野で最高の能力の持ち主。これまでも言ってきたが、もう一度言わせてほしい。ほんの一例をあげてみよう。以前に使っていた従僕は、どいつもこいつも、僕がまだ眠っているうちから床を踏み鳴らすように入ってきてみじめな思いをさせた。ところがジーヴズは、テレパシーか何かで僕の目覚めが分かるらしい。僕が目覚めてちょうど二分後に、紅茶のカップを手にしてすーっと入ってくる。これで一日がどんなに違ったものになるかは分かってもらえるはずだ。

「天気はどうだ、ジーヴズ?」

「最高の上天気でございます」

「新聞には何か出ているか？」

「バルカン半島で何か小競《こぜ》り合いがあったようでございますが、他には取り立てて」

「なあ、ジーヴズ。ゆうべ倶楽部《クラブ》で会ったやつが、今日の二時の出走ではプライヴェティアという馬にウースター家のワイシャツ一着分ぐらい賭けてみてはと言っていたんだが、どうだい？」

「お勧めできません。あの厩舎《きゆうしや》は活気がありませんから」

僕にはこれで十分だった。ジーヴズは知っているのだ。なぜかは分からないが、知っているのだ。ジーヴズの助言を笑い飛ばして違う馬に賭けては、手ひどく負けてばかりのころもあった。が、いまはもう違う。

「シャツといえば」僕が言った。「注文しておいた紫色のシャツは届いたか？」

「はい、届きました。送り返しました」

「なに、送り返した？」

「はい。あれはお似合いではございません」

うーん、実を言えばあのシャツはかなり気に入っていたのだ。でも、優秀な頭脳には僕は頭《こうべ》を垂れる。弱気？　そうだろうか。ほとんどの男は、従僕にはズボンに折り目をつけさせるとかその手の仕事だけをやらせて、一家の経営を任せないものだが、ジーヴズの場合は話が違う。あの男がやってきた第一日目から、僕はあの男のことを、導師とも哲学者とも友人とも思ってきた。

「ミスター・リトルから数分まえにお電話がございました。まだお目覚めではないとお答えいたしました」

「何か伝言は？」

「いいえ。とても重大な用件でご相談がなさりたいとおっしゃいましたが、内容はお洩らしになりませんでした」

「そうか、まあいいや。どうせ倶楽部で会うだろう」

「さようでございますね」

このときの僕は、いわゆる焦りの塊なんかでは全くなかった。ビンゴ・リトルとはいっしょに学校に通った仲で、いまでも頻繁に会っている。たっぷり貯《た》めこんで事業から引退したばかりのモーティマー・リトル――「リトル湿布《しっぷ》で全身爽快」の、あれさ――の甥っ子だ。この伯父さんからの潤沢な資金でロンドンじゅうをのして歩き、何不自由ない生活を送っている。そんな男の重大な用件といったって、たかが知れているさ。珍しい煙草を見つけたから僕にも試させたいとか、そんな話に違いない。僕は何の心配もなく朝飯を楽しんだ。

朝食がすむと僕は煙草に火をつけ、窓を開けて外の天気を見た。まさに輝くような朝だった。

「ジーヴズ」

「何でございましょう？」ジーヴズは朝食の後片付けをしていたが、若主人の声を聞くと直《ただ》ちに手を止めて答えた。

「天気はおまえの言ったとおりだ。まったく清々《すがすが》しい朝だ」

「おっしゃるとおりでございます」

「春というやつだな」

「仰《おお》せのとおりです」

「春は来にけりだな、ジーヴズ。鶯《うぐいす》の凍れる涙いまやとくらむ——なんて」

「そのように聞いております」

「ようし！　ステッキと一番黄色い靴、それに緑色のホンブルグ帽を出してくれ。ハイド・パークで春の円舞曲といくか」

四月の終わりから五月の初め、淡青《たんせい》の空に綿雲が浮かび、西から優しい風が通り過ぎる時分の、こういう気持ちが分かってもらえるだろうか？　浮き浮きした気分、ロマンチックというやつだが、分かるかなあ。僕は女の尻ばかり追っかけるたちじゃないが、こんな朝などは、かわいい女の子が僕のところに飛びこんで、暗殺者か何かから身を守ってくれと頼ってこないものかと考えたりする。そういう気分だったから、ハイド・パークで出くわしたのが、馬蹄《ばてい》模様をあしらった深紅のサテン・ネクタイという奇怪な恰《かっ》好《こう》のビンゴだったのはいささか拍子抜けだった。

「やあ、バーティ」ビンゴが呼びかけた。

「ひえっ！」僕はうめいた。「その首から下がってるやつ！　紳士のシンボルじゃないか！　なぜだ？　わけは？」

「あ、ネクタイのこと？」ビンゴは顔を赤らめた。「その、も――もらったんだ」

きまりが悪そうだったので、その話題はやめにした。二人で少し歩き、サーペンタイン池のそばでベンチに腰を下ろした。

「ジーヴズから聞いたんだが、僕に用だそうじゃないか」

「えっ？」ビンゴはぎくりとした。「あ、そう、そう。そうなんだ」

僕はビンゴが話題を口にするのを待ったが、話したくないらしい。会話が行きづまってしまった。ビンゴは空ろな目で前方を見続けている。

「なあ、バーティ」一時間と十五分もたったと思われるころ、やっと口を開いた。

「なんだい！」

「メイベルという名前、好きかい？」

「いや」

「好きじゃない？」

「うん」

「音楽的な響きがしないかい――そよ風が木々の上をかすめていくような？」

「ちっとも」

ビンゴはしばらくがっかりした様子だったが、急に元気づいて言った。

「もちろん、きみにはしないさ。もともと魂のない空っぽ頭だもんな、そうだろう？」

「好きに言えよ。で、誰なんだ、その子は？　ぜんぶ吐いてしまえ」

かわいそうに、ビンゴのいつもの病気だ。知り合って以来——いっしょに学校に行ったのは前に話したとおりだ——ビンゴはのべつ誰かに恋焦がれていて、それもいかなる魔法なのか、春が一番多かった。学校時代、女優のブロマイド集めにかけては右に出るものがなかったし、オックスフォードでは「ビンゴの恋患い」といって知らぬ者はなかった。

「いっしょに来て、昼飯の席で会ってくれたほうがいい」腕時計を覗き込みながらビンゴが言った。

「潮時だね。どこで会う？　リッツ・ホテルか？」

「リッツの近くだ」

地理的には正しかった。リッツ・ホテルの東側五十ヤードばかりのところに、その店はあった。ロンドンのいたるところで見かける、パンや紅茶なんかを出す薄汚い店で、驚いたことにビンゴは巣に駆けこむ野兎みたいに飛びこんでいった。何か言う間もあらばこそ、僕らは狭いテーブルに身体を押し込んでいた。前の客がこぼしたのだろう、コーヒーが池になっている。

こんな成り行きは、全く不可解の一言だった。どっぷり首まで金につかっているとまでは言わないが、ビンゴは相当のポケットマネーを持ち歩いている。伯父さんからもらうほかに、春の競馬シーズン中にバランスシートが相当の黒字に傾いていることも僕は知っていた。なのに、デートの昼飯が大衆食堂とはどういうわけだ？　金がないせいじゃあるまい。

そのときウェイトレスが現われた。なかなかかわいい娘《こ》だ。

「待ってなくていいのかい——？」僕は言いかけた。好きな女の子をこんな場所の昼飯に呼ぶだけでも十分ひどいのに、当人が現われるまえに食い物に飛びつくとはちょっと度が過ぎやしないかと思ったからだ。が、ビンゴの顔を見て口に出すのを止めた。

ビンゴの目玉は飛び出し、顔じゅうが真っ赤《か》に染まっていた。「魂の目覚め」という絵があるが、あれをピンク色で描いたような具合だ。

「やあ、メイベル！」という挨拶も、やっとのことだった。

「おはよう」

「メイベル。こちらはバーティ・ウースター、昔からの友達だ」

「初めまして」と娘が言った。「いいお天気」

「いいね」

「ほら、きみにもらったネクタイだよ」ビンゴが言った。

「うん、すごく似合ってる」

もし僕だったら、あんなネクタイが似合うなんて誰かが言ったら、女であろうと年寄りであろうと、立ち上がって鼻柱に一発喰らわせてやる。ところがかわいそうに、ビンゴのやつは感激してますます赤くなり、なんとも浅ましい笑みを浮かべた。

「それで、今日は何にいたしましょうか？」娘はちょっと事務的な口調になって訊いた。

ビンゴは真剣そのものの様子でメニューを眺めた。

「ココアと、冷たい牛肉にハムのパイ、フルーツ・ケーキとマカロン。同じでいいかい、バーティ？」

僕は情けない思いでビンゴを眺めた。僕の友達を何年やっているんだ、この僕の胃袋をゴミ箱扱いしてはばからないとは。

「それとも、あったかいステーキ・プディングに、飲み物はレモン・スカッシュでどうだい？」

全く、恋の奴隷になった人間の変わりようは恐ろしい。マカロンとかレモン・スカッシュとか気やすく言っているこの目の前の男は、かつての幸せな時代には、クラリッジ・ホテルの給仕長に向かって、「舌平目《したびらめ》の茸《きのこ》添えグルメ風味」の火入れ加減をシェフに念入りに伝えるよう命じ、そのとおりに出てこなければつき返すとさえ言ったのである。ああ、なんたる悲惨！

丸パンとコーヒー以外のメニューは、毒殺名人のボルジア一族でもとりわけ邪悪な連中が特に恨みのある人間を暗殺するために作ったもののように思えたので、僕は丸パンとコーヒーだけを注文した。メイベルは離れていった。

「どうだい？」ビンゴがうっとりした様子で訊いた。

どうも、いま去ったばかりの女毒殺魔に対する僕の意見を聞きたいらしい。

「とてもいいね」

彼は不服そうだった。

「いままで会った中で最高の女だとは思わないのか？」懇願するような声だった。

「ああ、もちろん！」僕はこの阿呆を少しばかり慰めてやった。「どこで見つけた？」

「キャンバーウェルの会費制ダンス・パーティ」

「いったい全体、なんでキャンバーウェルの会費制ダンスなんぞに行ったんだ？」

「きみのところのジーヴズが、切符を二枚買ってくれと言ってきたんだ。何かのチャリティらしい」

「ジーヴズが？　やつがそんなところに首をつっこむとは知らなかった」

「まあ、やつだって時には息抜きをしたいさ。どっちにせよ、あいつもやって来て、なかなか見事なステップで踊っていたぜ。最初行く気はなかったんだが、面白半分で行ってみた。いや、パーティ、危いところで大収穫を逃《のが》すところさ！」

「何を逃しそうになったって？」僕の脳細胞は少しばかり曇っていたようだ。

「メイベルに決まってるじゃないか。行ってなければ会えなかったはずだろ」

「あ、ああ」

ここでビンゴはある種の陶酔《とうすい》状態に陥《おちい》り、ややあってさめるとパイとマカロンにかぶりつきだした。

「バーティ、きみの助言がほしい」

「言ってみろ」

「正確には、きみのじゃない。どうせ何の役にも立たないだろう。きみのおつむは本当に空っぽだから。いや、気持ちを傷つけるつもりは毛頭ないんだが」

「いいよ、自分でも分かってる」

「やってほしいのは、この話をぜんぶジーヴズにぶちまけて、意見を聞き出すことだ。やつはきみの友達を何度も苦境から救い出したって、きみも言ってたじゃないか。あの口ぶりからすると、やつがウースター家の頭脳らしいな」

「期待を裏切ったことはないよ」

「じゃあ、ぼくの件をぶっつけてくれ」

「何の件？」

「ぼくの抱える難題だよ」

「どういう難題？」

「ばかだなあ、ぼくの伯父に決まってるじゃないか。この件で伯父が何と言うと思う？そのまま話をしてみろ、目を回してぶっ倒れかねない」

「精神が不安定な人みたいだね」

「このニュースを受け止められるように、なんとか心の準備をさせておかないと。でも、どうやって？」

「ふうむ！」

『ふうむ！』だけじゃ、屁の役にも立たん。なあ、ぼくは伯父にべったり頼ってるんだ。もし支給額を減らされてみろ、大変なことになる。だからジーヴズに楽屋をばらして、ハッピー・エンドに持ち込めるかどうか訊いてくれ。やつだけが頼りだと言ってくれ。もし華燭の典ともなれば、恩は忘れん。ヘロデ王の言い草じゃないが、王国の半分ぐらいは分けてつかわす。つまり、そうだな、十ポンド。十ポンドがちらついていれば、ジーヴズも頑張り甲斐があろうというものじゃないか？」

「そりゃそうだな」

ビンゴが私事《わたくしごと》にジーヴズを引き込もうとしているのには、僕は全く驚かなかった。僕自身、何か問題が起こったときにはまず思い浮かべることだ。もう何度となく思い知らされてきたとおり、ジーヴズは知性が最高段階に発達した男、知恵に満ち溢れた男なのだ。気の毒なビンゴを救ってやれるのは、ジーヴズしかいない。

その日、夕食がすむと僕は話を持ち出した。

「ジーヴズ」

「は」

「いま忙しいか？」

「いえ」

「その、特にやることはないのか？」

「ございません。いつもですとこの時間は何か役に立つ本を読むことにしておりますが、もしご用でしたら延《の》ばすのは造作もありませんし、全く読まなくともよろしいのです」

「そうか、助けがいるんだ。ミスター・リトルの件で」

「お若いミスター・リトルでしょうか、それとも伯父さまにあたる、パウンスビー・ガーデンにお住まいのお歳を召したミスター・リトルでしょうか？」

ジーヴズは何でも知っているとみえる。まさしく驚異だ。僕は生まれて以来ビンゴと付き合っているが、伯父さんがどこに住んでいるかまで聞いた覚えはない。

「パウンスビー・ガーデンに住んでいるのをどうして知っている？」

「わたくし、老リトル様の料理婦とはいささか親密な仲でして、実を申しますと、取り交《か》わした了解もございます」

これを聞いて僕が驚かなかったとは言えない。なぜだか僕は、ジーヴズがそちらの方面に手を伸ばすなどとは考えてもみなかったのだ。

「婚約してる、という意味か？」

「実質的には、そういうことになります」

「それは、それは！」

「彼女は極め付きの優秀な料理人でございまして」ジーヴズは説明が必要だと感じたらしかった。「ところで、ミスター・リトルの件でわたくしにお話とは、何でございましょう？」

僕はいっさいをぶちまけた。

「まあ、こういったところだ、ジーヴズ。ぼくらでちょっとばかり力を合わせて、ビンゴのやつが目的を達するように助けてやろうと思う。リトル爺さんのことを教えてくれ。どんな男なんだい？」

「少々変わった性格のお方です。事業から手を引かれた後は世捨て人のようにおなりで、全身全霊を食卓の喜びに打ち込んでいらっしゃいます」

「食い意地が張ってるのか？」

「と申しては、いささかぶしつけかと。一般にはグルメと呼ばれる方でしょう。食べ物の好みがおやかましく、それでミス・ワトソンの仕事振りを高く買っていらっしゃるのです」

「ミス・ワトソンというのが料理人？」

「さようです」

「なるほど。ビンゴのやつを伯父さんにぶっつけるのは夕食の後が絶好という気がするな。その時分が一番柔らかい心地だろうから」

「それは難しかろうと存じます。ミスター・リトルは、最近痛風が出て節食中でいらっしゃいます」

「ふうむ、そいつはまずいな」

「そうでもございません。お歳のミスター・リトルの災《わざわ》いを転じて、お若いミスター・

リトルの福となすことができるかと存じます。つい先日、お歳のミスター・リトルの従僕と話したのですが、その男の申しますには、夜になるとミスター・リトルに本を読んで差し上げるのが日課になったそうで。わたくしでしたら、お若いミスター・リトルを送り込んで伯父さまに本を読んでさしあげるようにいたします」

「身内の献身というやつだな。そこで爺さんは親切に感激するという筋書きだ」

「半分はおっしゃるとおりです。しかしわたくしは、お若いミスター・リトルがどんな本をお選びになるかがより重要と存じます」

「それは無理だな。あのビンゴのやつは人好きのする顔はしているが、書いたものとなるとからっきしで、せいぜい『スポーツ・タイムズ』どまりだ」

「その点は解決可能です。ミスター・リトルのためにわたくしが喜んでお選びいたしましょう。もう少しわたくしのアイディアをご説明いたしましょうか？」

「どうもそのアイディアというのが分からん」

「わたくしがお勧めしますやり方は、広告業界では直接示唆《しさ》法と呼んでいるようでございますが、ある考えを繰り返すことで理解してもらう方法でございます。このやり方はご経験がおありではございませんか？」

「おまえがいうのは、ある石鹼《せっけん》が最高だと繰り返し聞かされると、最後はその気になって、近くの店に飛んで行ってその石鹼を買ってしまう。そういうことか？」

「その通りでございます。この方法は、先の大戦でも重要な宣伝広報の基本となっておりました。わたくしとしましては、ある方の階級差別意識を矯正《きようせい》するためにこの手段を採用してならない理由は見当たりません。お若いミスター・リトルが来る日も来る日も伯父さまに物語を読んでおあげになるとしましょう。その内容が、階級の異なる若い二人の結婚は可能でもあり尊敬にも値《あたい》するというものであれば、伯父さまとしても、甥御さまがコーヒー店のウェイトレスと結婚したいと告げられたとき、受け入れやすいお気持ちに変わっていらっしゃるはずです」

「いまどきそんな本があるのかい？　新聞で見るかぎり、結婚したけれど世界は灰色だとか、いっしょにいると我慢がならないとかいう話ばかりじゃないか」

「はい。批評家には無視されておりますが、たいそう売れているものが何冊もございます。ロージー・M・バンクスの『全ては愛のため』、ご存じありませんか？」

「知らないね」

「それでは同じ作者の『赤い、赤い夏の薔薇《ばら》』は？」

「知らん」

「わたくしには伯母がおりまして、ロージー・M・バンクスの本をほとんど全部揃えております。お若いミスター・リトルがご入用なら何冊でも即座に借りられます。ごく手軽で、とても魅力的な読み物でございます」

「そうか、やってみる価値はあるようだな」

「この方法を、ぜひお勧めしたいと存じます」

「分かった。では明日にでも伯母さんのところに行って、よさそうなのを二、三冊借りてきてくれ。あとは実行あるのみだ」

「さようでございます」

その二　婚礼の鐘が鳴る

三日後に報告してきたビンゴによれば、ロージー・M・バンクスは大当たりの様子だった。爺さんリトルは、最初は読書メニューが変わったことに不機嫌だったらしい。なにしろいままでは月刊誌の固い評論ばかり読んでいて小説類には慣れていなかったのだが、ビンゴの話では、『全ては愛のため』の第一章はいつのまにか伯父さんの防御線を突破して、その後は何の抵抗も受けなかったという。そのうち二人は『赤い、赤い夏の薔薇』、『向こう見ずのマートル』そして『一介の女工』を終え『ロード・ストラスモーリックの求愛』の半分まで進んだということだった。

ビンゴは泡立て卵で割ったシェリー酒を舐《な》めながらそうした話をしてくれたのだが、その声はしわがれていた。この作戦に唯一の欠点があるとすれば、それは声帯によくないことだとビンゴは言った。酷使の結果、ひび割れの徴候がみえはじめていた。医学辞典を調べてみたら、どうも「説教師喉《のど》」にやられたようだという。とはいえ、狙った地点で着々と得点が重なっている事実は否定しようもない。それに、朗読が終わるとビンゴはいつも夕食まで残るのだが、リトル爺さんの料理婦が作る夕食というのが、百聞は一食にしかずといった大した代物らしい。コンソメ・スープの話をしたときなど、ビンゴの目に涙が浮かんでいたほどだった。何週間もマカロンとレモネードですごしてきた男にとっては、天国にも思えたはずだ。

爺さんのリトルのほうは饗宴に加わることはできなかったが、ビンゴによると、食卓にやってきて葛《くず》ウコン湯を飲みほしたあとは料理の匂いを嗅いだり、昔食べたメインディッシュの話をしたり、医者が治してくれたあかつきには何を食卓に載《の》せるか微《び》に入り細をうがって聞かせてくれたりするそうだから、伯父さんもそれなりに楽しんでいたんだろう。とにかく、事態はうまく進展しているようで、ビンゴは王手をかける用意もあると言っていた。それが何かは洩らさなかったが、成功疑いなしだという。

「順調に行っているらしいぞ、ジーヴズ」と僕が言った。

「それはよろしゅうございます」

「ミスター・リトルの話では、『一介の女工』のクライマックスに来ると、伯父さんはおびえたブルドッグの子供みたいに生唾《なまつば》を飲み込んだらしい」

「それほどまでに？」

「ロード・クロードが娘をかき抱く場面さ。知ってるだろう。そして言う――」

「そのあたりはよく存じております。特に感動的な場面です。伯母もあの場面が特に好きだと申しておりました」

「もくろみどおりのようだな」

「さよう拝察いたします」

「そうなると、これもまたおまえの手柄に加わるわけだ。何度も言ったし、これからも言うが、頭のできにかけては、ジーヴズ、おまえに並ぶものはないな。いまの思想家とやらは、おまえが大通りの真ん中を歩くのを群衆に混じって眺めているようなもんだ」

「まことにありがとうございます。わたくしはただ、ご満足いただけるようにと努めております」

　ほぼ一週間後、ビンゴが飛び込んできた。伯父さんの痛風がすっかり引いて、明日からは両手にナイフとフォークを持って再登場するはずだという。

「ところで」ビンゴが言った。「明日、きみを昼飯に招きたいそうだ」

「ぼくを？　なぜぼくなんだ？　伯父さんはぼくがこの世にいるのも知らないはずだぜ」

「いや、知ってる。ぼくが話した」

「なにを話したんだ？」

「まあ、いろいろさ。とにかく伯父はきみに会いたいらしい。ぼくの言うことを聞いて、とっとと行くんだ。明日の昼飯は最高だと思うよ」

　僕にもしかとは分からないが、ビンゴの態度にはどこか変なところ——後ろ暗いとでもいったらいいような妙な感じ——があった。何か懐に隠している様子だ。

「どうやら、裏があるらしいな」僕が言った。「きみの伯父さんは、会ったこともないぼくをどうして昼飯に呼びたがる？」

「ばかだなあ。きみのことをたっぷり伯父に話したと言ってるじゃないか。一番の友達で、学校もいっしょだったとか、なんとか」

「それにしても変だ――いや、もっと怪しいことがあるぞ。なぜそんなにぼくに行かせたい？」

ビンゴは一瞬ひるんだ。

「いつぞや、ぼくにいい考えがあると言ったろ。それがこれさ。きみに本題を打ち明けてほしいんだ。ぼくにはとてもそんな根性はない」

「何だって！　冗談じゃないぜ」

「だって、友達だろ！」

「それはそうだ。でも、ものには限度がある」

「パーティ」ビンゴは恨めしそうな目で僕を見た。「ぼく、きみの命を救ったことがあるんだぞ」

「いつ？」

「違ったっけ？　すると、別の男かな。まあ、そんなのはどうでもいい。学校のときからいっしょだったじゃないか。いまさら見捨てるなんてないよ」

「そりゃそうだけど」僕は言った。「でも、根性がないなんて言って、自分をおとしめちゃいけない。男たるもの……」

「じゃあ、失敬！」ビンゴが言った。「あす一時半、遅れるなよ」

考えれば考えるほど、憂鬱になってきた。ビンゴのやつ、すばらしい昼飯が待っているぜなんて、いけしゃあしゃあと言っていたが、スープが始まったあたりで外の道路に放り出されるんでは最高の昼飯もあったもんじゃない。しかしながら、ウースター一族の一言は金鉄のごとしとかほざいたご先祖もいることだ。翌日の一時半、僕はパウンスビー・ガーデン十六番地の階段を上がり、呼び鈴を押した。一分もしないうちに僕は居間に通され、これまで見たこともないような肥った男と握手していた。

リトル一族のモットーは「多様性」に違いない。ビンゴは初めて会ったとき以来ひょろりと背が高く、余分な肉は一オンスたりともない。ところが伯父さんのほうは、それを埋め合わせてお釣りが来るほどだった。僕の手を握った手は幾重《いくえ》にも深々と包み込むようで、これを外すにはショベルカーがいるんではという気がした。

「ミスター・ウースター。わしは感激しとります――誇りに思います――まったく名誉なことです」

ビンゴのやつ、よほど僕を持ち上げたものと見える。

「へえ、そりゃあ、どうも」と僕は言った。

伯父さんは手を握ったまま一歩退いた。

「あれだけのことを成し遂げられたにしては、ずいぶんお若いですな！」

いったいどうなっているのか。僕の一族は――子供のときから僕をいびり倒してきたアガサ叔母が特にそうなのだが――僕のこれまでの一生は全く空っぽで、小学校の夏休みに集めた野草の標本で賞をもらって以来、お国の名誉になるようなことはいっさいしていないと言い張ってやまなかった。誰かと勘違いしているのではないかと思いはじめたときに、ホールで電話が鳴り、メイドが入ってきて僕にだと告げた。下りて出てみると、相手はビンゴだった。

「ようっ！」ビンゴが言った。「やっぱりいたか。偉い！　きみが裏切らないのは分かってたんだ。伯父はきみに会って喜んだかい？」

「喜んでるどころの騒ぎじゃない。どういうことなんだ？」

「いや、それでいいんだ。いまから説明させてもらうよ。きみなら気にしないと思うんだが、じつは伯父には、これまで読んでやってた本の作者がきみだと言ってある」

「何だって！」

「そうなんだ。『ロージー・M・バンクス』とはきみのペン・ネーム、控えめで引っ込み思案の男で、世間に名を売りたくないんだと言っておいたんだ。きみの言うことなら、伯父は何でも聞くぞ。そりゃもういちころだ。どうだ、凄いアイディアだろう？　さすがのジーヴズも、これよりいい考えは浮かぶまい。さあ、気を強く持つんだ。支給増額の件を忘れるな。いまの額ではとても結婚できないからな。ぼくらの芝居が熱い抱擁でハッピー・エンドの幕をおろすためには、倍ぐらいは必要だ。じゃあ、そんなところだな。あばよっと！」

電話が切れた。時あたかも食事を知らせる銅鑼《どら》が鳴り、気前のいい招待主《ホスト》が階段を転げるように下りてきた。石炭が一トン配達されたような勢いだ。

この日の昼食のことを思い出すと、いまでも胸がきりきりするような後悔の念を覚える。料理自体は最高だったが、それを味わう気には毛頭なれなかった。どう言ったものだろう、潜在意識的には特別のご馳走だという気がするんだが、ビンゴにはめられて落ち込んだ苦境に震え上がっていたから、本当の価値はまったく分からなかった。食事のあいだじゅう、おが屑を噛《か》んでいるような気分だった。

リトル爺さんはしょっぱなから文学論に入ってきた。

「甥からお聴きだとは思うが、わしは最近、あんたの作品を詳しく追っとります」

「ええ、聞いています。ああいった代物については――えー――その、どういうご印象で？」

「ミスター・ウースター。わしは真正直に言うが、甥に読んでもらったときには涙が出ましたぞ。あんたのような若い男が、人間の心理をあそこまで深く正確に掘り下げ、読者の心の琴線《きんせん》にぴたりと触れるとは、驚き以外の何ものでもない。すべてが真に迫っており、人間性に溢れ、感動的で、しかも力強い！」

「まあ、ちょっとしたコツですよ」僕が答えた。

そのころには、僕の額から汗が滝のように流れ出していた。こんな苦境に立ったことがあったろうか。

「部屋が少し暑すぎますかな？」

「えっ、いえ、いえ、そんなことは。ちょうどいいです」

「それじゃあ、胡椒《こしょう》だな。もしわしの料理婦に欠点があるとすれば――あると言っているのではありませんぞ――できあがった料理に胡椒を振りすぎるところかな。ところで、あれの料理はいかがかな？」

話題が僕の文学作品から離れたことに大喜びして、僕は轟《とどろ》くようなバリトンで「最高です」と叫んだ。

「それはよかった。贔屓目《ひいきめ》かもしれんが、わしはあれを天才だと思っとります」

「ええ、まさに！」

「わしのところには七年もいてくれるが、どんなに厳しい目でみても、いささかの落度もなかった。一度だけ、一九一七年の冬だが、うるさ型ならマヨネーズに滑《なめ》らかさがないとケチをつけることができそうなときがありました。しかし、状況を考えてやらねば気の毒だ。あのころは何度も空襲があったから、かわいそうに、怯《おび》えきっていたんです。でも、世の中に完全な物はありませんな、ミスター・ウースター。わしも自分の十字架を背負いつづけてきた。この七年間というもの、わしは誰か悪いやつがあれをわしの許からおびき出してしまうのではと心配のしどおしだった。確実な情報を握っているんだが、大変な好条件でよその屋敷に来ないかと何度も誘われておる。だからミスター・ウースター、今朝ついに雷が落ちたときのわしの落胆はわかってもらえるはずだ。辞めると言いだしたのです！」

「な、何ですって！」

「失礼だが、そこまで仰天なさるとは、さすがは『赤い、赤い夏の薔薇』の作者ですな。もっとも、ありがたいことに最悪の事態は回避できた。折り合いがついたのだ。ジェインは出て行かない」

「ひゃあ、そいつはしめこの兎《うさぎ》だ！」

「そう、しめこの兎――といったが、わしはこの表現にはなじみがない。あんたの本にも出てこなかったと思いますが。ところで、あんたの本についていえば、語り口の感動的な切実さもさることながら、わしが一層感じ入ったのはあんたの人生哲学です。あんたのような若者が多くいてくれたら、ロンドンももっといい場所になる」

アガサ叔母の人生哲学とはまるきり反対じゃないか。叔母はいつも、僕みたいな人間がいるからロンドンは病原菌の巣窟みたいになってしまったと言いつづけているのだから。といって、僕もあえて老人に反論はしなかった。

「わしが言いたいのは、ミスター・ウースター、盲目的な社会体制の古ぼけた迷信をきっぱり否定するあんたの考え方に感心しとるということです。いや、見上げたものだ！

階級というものが上っ面《うわつら》にすぎないことを見抜けるのは、ただ大人《たいじん》あるのみ。『一介の女工』の中でロード・ブレッチモアが言いますな、『出はいかに賤しくとも、善良な女性は地上最高の貴婦人に並ぶ』と。すばらしい言葉だ！」

僕はハッとした。

「なるほど！　本当にそう思われますか？」

「もちろんですとも、ミスター・ウースター。恥ずかしい話だが、わしも一時『階級の区別』というばかげた考えの奴隷だったことがある。しかし、あんたの本を読んでからは——」

心配なんか不要だったのだ。ジーヴズの計略に外《はず》れはない。

「とすれば、いわゆる一定の社会的地位にある男が、世間で言うところの下層階級の娘と結婚するのは問題ないと？」

「あるはずがないでしょうが、ミスター・ウースター」

僕は一つ大きく息を吸い込み、本題をぶっつけた。

「ビンゴが——つまりその、甥御さんが——ウェイトレスと結婚したがっているんです」

「ほう、それは誉めてやりたいですな」リトル老人が言った。

「反対なさらない？」

「もちろん」

僕はまた大きく息を吸い込み、生臭い話題に切り替えた。

「いらぬお節介と思わないでいただきたいんですが、その」僕が言った。「でも——ええ——あっちのほうは？」

「言っとられる意味が分からんのう」

「まあ、その、生活費とかいったものですよ。ご親切にビンゴに渡されているお金のこと。彼は、何とか少し額を上げてもらえないかなあって」

リトル老人は申し訳なさそうに首を振った。

「残念だが、それは都合がつきませんな。いまの立場のわしとしては、一銭でも多く貯めておく必要がある。いままでの額は喜んで続けるが、それ以上は無理だ。第一、妻に対して不公平ですからな」

「何ですって！　あなた、結婚していないじゃありませんか？」

「まだ、しとりません。しかし、すぐにもこの神聖なる関係に移ることになっとるのです。長年すばらしい食事を作りつづけてくれたご婦人が、今朝わしの差し出した手を受けて下さったのでな」勝利に満ちた冷たい輝きが爺さんの目に浮かんだ。「盗《と》れるものなら盗ってみろ、ですわ」傲然と言い放ったものだ。

「お若いミスター・リトルから、午後何度もお電話がありました」その夜、家に戻るとジーヴズが言った。

「そうだろうな」僕は昼飯がすむと、メッセンジャー・ボーイに託してかわいそうなビンゴに会談のあらましを送ってあったのだ。

「いささか動揺なさっておいででした」

「まあ、そうだろう。ところで、ジーヴズ」僕は言った。「しっかり両足を踏ん張って歯を食いしばれ。気の毒だが、おまえに悪いニュースを伝える。

あのおまえの策略——リトル爺さんに本を読んで聞かせるというやつ——あれは爆弾に火をつけたぞ」

「つまり、伯父さまの心を柔らかくはしなかったわけで？」

「それはした。だからこそ、えらいことになってるんだ。おまえの婚約者——ミス・ワトソンのことだ——コックの——あの女は、ええい、短く言えば、残念ながら、誠実と真《まこと》を棄てて富を選んだぞ。意味が分かるか？」

「とおっしゃいますと？」

「女はおまえを振って、リトル爺さんと婚約してしまった！」

「は、さようで」

「あんまり驚いたようでもないな」

「実のところ、そうした結果は予測がついておりまして」

僕はぽかんとジーヴズを見やった。「なら、何のためにあんな計画を？」

「実を申しますと、ミス・ワトソンと関係が切れるのはそんなに嫌ではありませんでした。というより、それを望んでいたのです。大変尊敬はしてはおりますが、早い段階からお互いにそぐわないと分かっておりました。いまは他の若い女性がおりまして、わたくしと了解が――」

「何だって、ジーヴズ！　他に女が？」

「はい」

「どれくらい続いてるんだ？」

「もう何週間かになります。キャンバーウェルの会費制ダンス・パーティで出会いまして、ひと目で強く惹《ひ》かれました」

「なんてこった！　まさか――？」

ジーヴズは厳《おごそ》かにうなずいた。

「はい、そうなのです。まったくの偶然でございまして、お若いミスター・リトルと同じ方を――お煙草は脇の小テーブルの上にございます。お休みなさいませ」

(*Jeeves in Springtime*, 1921)

ロヴィルの怪事件

その一　アガサ叔母の直言

繊細《せんさい》な魂の持ち主とかいうやつであれば、ビンゴ結婚作戦の頓挫には相当の落胆と悲しみを覚えたに違いない。つまり、僕が傷つきやすいたちだったら、さだめし失意のどん底にいるだろうという意味さ。でも、まあ、僕はほとんど苦にしていない。衝撃的なニュースから一週間もたたないうちにビンゴが夜会クラブのシロズで野生の若駒のように踊り狂っているのを見れば、気も楽になろうというものだ。

回復力そのもの、それがビンゴなんだ。ダウンは喫しても、人生という試合は決して棄てない。恋愛の最中は他のものに目もくれず、苦悩のかたまりと化す。ところが、もう二度と目のまえに姿を見せないで、などと女から肘鉄《ひじてつ》を食らうが早いか、以前と同じように楽しげに浮き上がってくる。僕がそんな場面に出くわすのも、十回ではおさまらないくらいだ。

だから僕は、ビンゴのことは何も心配しなかった。いや、それだけでなくて、他のことも気にならなかった。いろんなわけがあって、このころほど僕の心が浮き浮きしていたことはなかったのだ。すべてが順調にみえる。三度までも、僕が気前よく賭けた馬が数馬身差で悠々とゴールに飛び込んだ。いつもなら、僕が買った馬にかぎってコースの途中でへたり込んでしまうのに。

加えて、非の打ちどころのない上天気が続き、僕が新しく買った靴下も、最高の選択だとみんなが口をそろえてくれた。そのうえ完璧な仕上げとして、アガサ叔母がフランスに行ってしまい、少なくとも六週間は僕を馬鹿呼ばわりしにくることがなくなった。僕のアガサ叔母を知っている人なら、それだけでも十分な果報だと分かるはずだ。

ある朝、風呂に入っているとき、天下泰平の思いがあまって、僕はスポンジをごしごし使いながら鶯《うぐいす》みたいに歌い出した。世の中は一つとして事もなく、ご機嫌そのものに思えた。

ところで、人生の皮肉というやつを体験したことはあるかい？　僕が言うのは、このうえもなく幸せな気分でいるときにかぎって、何かがやってきて首根っこをがつんと一撃するということだ。手足をぬぐい、服を引っかけて居間に戻ったときに、この一撃は襲いかかった。マントルピースの上にアガサ叔母からの手紙があったのだ。

「何てこった！」読み終わるや僕は呟いた。

「いかがなさいました？」ジーヴズが言った。奥のほうで何やらやっていたらしい。

「アガサ叔母からだ、ジーヴズ。ミセス・グレグソンだよ、知ってるだろう」

「は、存じておりますが？」

「おいおい、気楽な言い方をするなよ。とんでもない手紙なんだぞ」僕の声は陰気でうつろだった。「これは何かのたたりだぞ、ジーヴズ。叔母はぼくに来いと言っている。何という場所だったか――そう、ロヴィル＝シュル＝メールだ。ああ、何てこった！」

「荷造りをしたほうがようございますか？」

「どうやら、そのようだな」

アガサ叔母を知らない人には、僕があれほど彼女に怯えるわけを説明するのは不可能だ。金銭その他で依存しているわけじゃない。結局、性格の問題という結論に落ち着かざるをえないのだ。幼いころに始まり、学校に上がってからも、叔母は一睨みで僕の度《ど》肝《ぎも》を抜くことができたし、いまでも僕はその呪縛から抜け出せないでいる。僕の一族はみんな背が高いほうだが、アガサ叔母も百八十センチ近くあり、突き出した鼻、鷲《わし》のような目つき、たっぷりした白髪《しらが》と相まって、極めて獰猛《どうもう》な印象を与える。というわけで、何とかごまかして逃げてしまおうなんていう考えは浮かびさえしなかった。叔母がロヴィルに来いと言ってくるのなら、やるべきは切符を買うことだけだった。

「どういうつもりなんだろう、ジーヴズ？　どうしてぼくに来てほしいのかなあ」

「さあ、どうしてでしょうか」

まあ、話していても仕方がない。唯一の慰めといえば、雲間からのぞく小さな青空といってもよいご褒美《ほうび》、ロヴィルではあのカマーバンドが着けられそうだという点だった。相当に派手なやつで、六ヶ月もまえに買っておきながらなかなか着けてみる勇気が出なかった代物だ。知ってるだろう、ベストの代わりに腹に巻く絹のバンドだ。大使なんかが肩からかける飾り帯に似ているが、あれより分厚くできている。それまでは、いくら勇気をふりしぼっても着けることができなかった。というのも、こいつはとても明るい緋色で、着けたとすればジーヴズとの間に一悶着《ひともんちやく》起きるに決まっていたからだ。でも、ロヴィルのような町は歓楽とフランス流の狂乱に溢れているんだろうから、何とかなるんじゃないだろうか。

大しけの海から揺れる夜汽車を乗り継いで早朝に到着したロヴィルはなかなか気のきいた場所で、叔母という首枷《くびかせ》さえなければ、一週間やそこら気楽に過ごすのも悪くなさそうだった。フランスの保養地の常で、砂浜とホテルとカジノが主なお道具立てだ。アガサ叔母のご愛顧を賜《たまわ》るという悲惨な運命を引き当てたのはスプランディードというホテルで、僕が到着するころには、その悲運を嘆かぬ従業員とてない状態になっていた。僕は同情した。アガサ叔母とは何度もいっしょのホテルに泊まったことがあるのだ。もちろん、僕が着いたころにはたいがいの大仕事はすんでいたが、叔母のまえで平身低頭する従業員を見れば何が起こったかは一目瞭然だった。まず、南向きでないという理由で部屋を変えさせ、ついで衣装戸棚の扉がきしむといって他所《よそ》に移り、歯に衣《きぬ》を着せぬ態度で言いたい放題、料理に、給仕の仕方に、部屋の掃除のやり方にあらゆる難癖をつけたはずだ。いまや、アガサ叔母は全従業員を完全に支配していた。山賊のようなひげを生やした支配人も、叔母が視線を向けると震え上がらんばかりだった。

これらの勝利の結果なのか、僕が会ったときの叔母は厳しさの中に一抹《いちまつ》の柔らかさをたたえており、ほとんど慈母のような物腰だった。

「よく来てくれたわね、パーティ。ここの空気はあなたの身体にもいいわよ。ロンドンのナイトクラブで饐《す》えた空気を吸ってるより、数段まし」

「はあ、そりゃどうも」

「素敵な人たちにもお目にかかれるわ。ミス・ヘミングウェイとお兄さんにはぜひ会ってもらわなくちゃ。とてもいいお友達になったの。あなたもぜったい、ミス・ヘミングウェイが気に入ります。上品で物静かで、近ごろロンドンで見かける厚かましい娘たちとは大違い。お兄さんはドーセットシャーのチプリー＝イン＝ザ＝グレンで副牧師をなさっているの。お話だと、ケントのヘミングウェイ一族とは繫がりがあるというから、名門よ。とても素敵なお嬢さま」

ひどい目に遭わされそうな、暗い予感がした。このはしゃぎようは、いつものアガサ叔母ではない。ロンドンの社交界では、容赦ない辛辣《しんらつ》さで名前をとどろかせた叔母だ。何かうっとうしい予感がする。その予感は正しかった。

「アリーン・ヘミングウェイこそ、あなたが結婚するにふさわしいお嬢さんです」叔母が切り出した。「そろそろ結婚を考えなさい。結婚したら、あなたも何とかものになるでしょう。アリーン以上にぴったりの女性はありません。とっても良い影響を与えてくれます」

「そ、それはちょっと！」と割りこんだ僕は、骨の髄《ずい》まで凍りつく気分だった。

「バーティ！」母親のような態度は消え、目が冷たく光った。

「いや、でも……」

「あなたみたいな若者が、人類の将来を憂《うれ》える方々を悲しませるのです。余計なお金を持ちすぎているから、本来ならば世のため人のため有益に使えるはずの人生を勝手気ままな楽しみにしか使わない。うわべの楽しみで時間を無駄にするばっかり。あなたは反社会的なのらくら人間です。バーティ、いいから結婚なさい」

「でも、そんなあ……」

「するんです！　子供を作って……」

「ちょ、ちょっと待ってくださいよ！」僕は真っ赤になって言った。アガサ叔母はロンドンでも二、三の婦人倶楽部《クラブ》に入っているが、他の場所でも倶楽部の喫煙室にいるつもりで大声を張り上げるのだ。

「バーティ」叔母は再び怒鳴った。気合を入れなおして延々と続けそうな勢いだったが、そこで邪魔がはいった。「あら、いらしてたの！」叔母は口調を変えた。「アリーン、まあ、あなた！」

娘がひとり、男がひとり、人当たりの良さそうな笑みを浮かべながら近づいてきた。

「甥のバーティ・ウースターです」アガサ叔母が言った。「いま着いたばかり。驚くじゃありませんか！　ロヴィルに来るなんて、ちっとも知らなかったのよ」

僕は二人を上から下まで観察した。猟犬の群れに囲まれた猫の気持ちだ。分かるかな、この罠にかけられたような気分。内なる声がささやいた――こいつはバートラム・ウースター最大の危機だぞ、と。

兄は丸っこい小男で、羊のような顔をしていた。鼻眼鏡をかけ、柔和《にゅうわ》な表情で、カラーは後ろでボタン留めする牧師用のものだった。

「ロヴィルへようこそ、ミスター・ウースター」

「ねえ、シドニー！」娘が言った。「ミスター・ウースターって、ブレンキンソップ参事会議員さまに似てらっしゃらない？　このまえのイースターにチプリーでお説教をしてくださった」

「ほんとだ！　驚くほどそっくり！」

二人はしばらく、ガラスケースに入った剝製か何かのように僕を見つめていた。僕も負けじと目を皿にすると、娘をたっぷり観察した。たしかに、アガサ叔母がいう最近の厚かましいロンドン娘たちとは違っていた。ボブヘアでもなければ、安煙草の臭いもしない。久方ぶりに見るタイプだ。何というか――そう、お淑《しと》やかとでも言うほかはない。ドレスはとても簡素で、髪は自然のまま、顔は柔和で聖女のようだ。僕はシャーロック・ホームズでも何でもないが、それでも彼女を見たとたんに呟いた。「うむ、この娘は村の教会でオルガンを弾いているぞ！」と。

二人としばし見交わしあい、少しばかりおしゃべりをして、僕は退散した。といっても、午後にはいち早くも兄妹をドライブに連れ出す約束をさせられる破目になっていたのだ。あんまり気が滅入ってしまったので、もはや対抗策は一つしかないように思えた。まっすぐに部屋に帰ると、カマーバンドを引っぱり出して胴に巻きつけた。向き直ると、ジーヴズが怯えた若駒のように後ずさりをした。

「失礼でございますが」押し殺したような声だった。「まさか、それを着けて人前にお出になるおつもりでは？」

「カマーバンドのことかい？」僕はつとめて気軽に、鷹揚《おうよう》に受け流した。「うん、そのつもりさ」

「お勧めできません。どうにもお勧めいたしかねます」

「なぜだ？」

「あまりに突飛《とっぴ》すぎます」

やつを正面から見据えてやった。もちろん、ジーヴズが最高の頭脳の持ち主であることは僕が一番よく知っている。でも誰だって、自分の魂は自分のものだと断然主張しなきゃだめだ。従僕の奴隷になり下がるって法はない。それに、僕の気分はひどく落ち込んでいて、カマーバンドだけが心を明るくしてくれる材料だった。

「おまえの悪い所はだな、ジーヴズ」僕は言った。「何と言ったらいいか——そう、料簡《りょうけん》が狭すぎる点だ。いつもいつもピカデリーの真ん中にいるんじゃないだろう。こういう場所では、少しばかり艶《あで》やかで詩的なものが要求されるんだ。そうそう、さっきなんか階下《した》で黄色いベルベットのモーニングを着た男を見かけたぞ」

「それにしましても――」

「ジーヴズ」僕は厳しく言った。「もう決めたんだ。少しばかり気が滅入《めい》っているから、パッとするものが要るんだ。それに、どこが悪い？　このカマーバンドこそお誂《あつら》え向きじゃないか。どことなくスペイン的で。スペイン貴族の雰囲気が出る。ほら、ビセンテ・イ・ブラスコ・何とかって言うじゃないか。闘牛を見に出かける貴族みたいだろ」

「承知いたしました」ジーヴズが冷たく言い放った。

気にさわるといえば、これほど気にさわることはない。僕を不機嫌にさせるものがあるとすれば、まず筆頭が従僕との気まずさなのだが、当分のあいだ、二人の関係は相当こじれたものになりそうだ。アガサ叔母がミス・ヘミングウェイという爆弾を投げつけてきたと思ったら、今度はこれだ。正直いって、僕を好いてくれる人間なんか誰もいないような気分だった。


予想どおり、午後のドライブはうんざりするほどつまらなかった。副牧師はあれやこれやとしゃべりまくり、女は景色をほめそやした。出発して間もなく、僕は頭が痛くなった。痛みは足の裏から始まり、上のほうに伝わるにしたがってひどくなっていった。夕食用の着替えのために部屋にたどり着いたときには、鋤《すき》で押しつぶされたガマガエルの気分だった。あのカマーバンドの一件さえなければ、僕はジーヴズの肩に顔を埋めて泣きじゃくり、悩みを全部打ち明けられたはずなのに。とはいっても、やっぱり僕だけの心にしまっておくことはできなかった。

「なあ、ジーヴズ」

「何でございましょう？」

「強めのブランデー・ソーダを作ってくれ」

「かしこまりました」

「強めのだぞ、ジーヴズ。ソーダは控えめ、ブランデーはたっぷり注ぎこめ」

「よろしゅうございます」

酒が染み渡ると、少し元気がでた。

「ジーヴズ」

「何でございましょう？」

「どうも窮地に陥ったようだ、ジーヴズ」

「さようでございますか？」

僕はやつをじろりと睨んだ。なんとしれっと澄まし込んでいるんだろう。カマーバンドの件をまだ根に持っているらしい。

「そうだ、首までどっぷり」ウースター一族のプライドを押さえ、少しでも打ち解けさせようとして僕は言った。「兄貴の牧師と二人でその辺をうろついている娘を見かけなかったか？」

「ミス・ヘミングウェイですか？　お見かけしました」

「アガサ叔母は、あの女とぼくを結婚させたがってる」

「さようで？」

「どう思う？」

「とおっしゃいますと？」

「だから、何か名案はないのか？」

「ございません」

取り付く島もない冷酷さだ。僕はぐっと踏ん張って、陽気なところを見せてやろうとした。

「そうかい。じゃあ、なるようになるさ！」

「さようでございます」

いやはや、こいつはお手上げだ。

その二　真珠は涙か

最近はめったにそんなものを読まないから、たぶんパブリック・スクールのころだったろう——誰やらの何とかという詩にこんなくだりがあったのを思い出す。うろ覚えだがこんな具合だ。「暗き獄舎《ひとや》の投ぐる影、はや男児《おのこご》に迫りつつ」とかなんとか。こんなことを言うのも、それからの二週間、僕はまさにこの状態に置かれていたからだ。結婚を祝う教会の鐘の音が遠くに聞こえたと思ったら、日に日に大きく響きまさり、逃れる路《みち》はとうてい見つからなかった。ジーヴズだったらほんの一、二分で巧妙な策を十ばかりも考えついたろうが、やつは依然として冷たくお高くとまっており、僕としてもずばりと頼める立場にはなかった。若主人が困っているのは見え見えなのだから、けばけばしいカマーバンドを着けているぐらい大目に見てくれていいはずなのに、忠義の精神など忘れてけろりとしているのだ。打つ手はなかった。

ヘミングウェイ兄妹は僕にぞっこん参ってしまったらしいが、これは実に妙なことだった。自分に何かすばらしい特徴があるなんて、僕は冗談にでも言うつもりはない——

それどころか周りはみんな僕のことを馬鹿だと思っているのに、あにはからんや、この兄妹には春の微風《そよかぜ》のように気に入られてしまったのだ。二人とも、僕がそばにいないと悲しそうだった。いまいましいことに、どこかへ一歩踏み出そうとすると、必ずどちらかが現われてまとわりついてくる。だから僕は、くつろぎたくなると部屋にこもるようになってしまった。四階にある、大通りを見下ろすまあまあのスイート・ルームに陣取っていたのだ。

ある晩僕は、隠れ家のスイート・ルームに戻ってひとりになり、その日初めて、人生もそんなに悪いことばかりじゃないという感じになっていた。いっしょに昼食をすませたとたんにアガサ叔母がミス・ヘミングウェイと僕を送り出したので、ミス・ヘミングウェイは午後いっぱい僕のそばにまとわりついていたのだ。人々が楽しげに連れ立って夕食やカジノへ向かう様子をこうして窓から見下ろしていると、切ない思いが込み上げてきた。アガサ叔母や他の連中をどこかに遠ざけておくことができたら、この場所はどんなにか楽しいだろうと思わずにいられなかった。

僕が溜息をついたとき、ドアにノックの音がした。

「誰か外にいるぞ、ジーヴズ」

「は」

ジーヴズがドアを開けると、アリーン・ヘミングウェイと兄貴が入って来た。思いもかけない来訪者だ。しばらく自分の部屋でゆっくりできると思っていたのに。

「やあ、こんばんは」僕が言った。

「ああ、ミスター・ウースター」娘はあえぐように言った。「何から申し上げていいのか」

彼女がひどく動転しているのに僕は気づいた。兄貴はといえば、悲しみを秘めた羊のように突っ立っている。

僕は上体を起こして目を凝らした。最初は挨拶程度の訪問かと思ったが、どうやら二人を狼狽させるような事件が起こったらしい。それにしても、いったいどうして僕のところに来たのだろうか。

「どうかしましたか？」

「かわいそうなシドニーが――それもわたしが悪いんです――一人であんな所に行かせなければよかった」娘は完全に取り乱している。

兄貴のほうは、だぶだぶのコートと帽子を脱いで椅子に乗せたきり黙りこくっていたのだが、そのとき、山頂で霧に出会った羊のような軽い咳を一つした。

「実は、ミスター・ウースター」兄貴が言った。「まことに困った、お恥ずかしい事態になってしまいました。今日の午後、ご親切に妹をお誘い下さった後ちょっと時間が余ったもので――つい、その――カジノに行ってギャンブルをやってみようという気になってしまったのです」

いままでにない親愛の情を込めて、僕は相手の顔を見上げた。これでもやっぱり遊びの分かる血が流れているんだと知って、だいぶ人間らしく見えてきたのだ。最初から教えてくれれば、いっしょに楽しく過ごせたはずなのに。

「へえ！」僕は言った。「で、やっつけましたか？」

兄は深い溜息をついた。

「成功だったかとのお尋ねなら、答えはノーです。赤が連続七回も続きましたから、わたしは性急にも、そろそろ黒になる頃合だと判断したのです。間違っていました。少額でしたが全部なくしてしまいました、ミスター・ウースター」

「そいつはついてませんね」

「わたしはカジノを出てホテルに戻りました。そこで偶然にも、わたしの教区にお住まいのマズグレイヴ大佐にお会いしたのです。たまたま、こちらで休暇中なのだそうです。わたしはそこで――その――お願いをして、ロンドンの銀行に置いてあるちょっとした預金をかたに小切手を切ると、百ポンド換金してもらいました」

「ほう、それはついてたじゃありませんか」この気の毒な男を少しでも元気づけようとして、僕は言った。「あっさり金を貸してくれる男に会えたなんて、ざらにない幸運ですよ」

「正反対なんです、ミスター・ウースター。そのせいで事態はさらに悪くなりました。こう申し上げるのも赤面のいたりなのですが、直ちにカジノに取って返し、また全額なくしてしまいました。今度こそ目が変わるはずだと――専門用語ではこう言うんでしょうか——そんなふうに思い込んで、黒に張ってしまったのです」

「へぇえ！」僕は言った。「そいつは気張ったもんですねえ！」

「それに、この件で一番困り果てるのは、実は小切手に見合うだけの残高が銀行にないということなのです」

正直言うと、こいつは金を無心されるぞ、思いきり脛《すね》をかじられるぞと確信を固めつつも、僕はこの気の毒な男に暖かい気持ちを感じはじめていた。つまりは、少なからぬ興味と親愛の眼差《まなざ》しを向けたわけだ。いままで、これほど話せる副牧師には会ったことがない。ロンドンっ子とは違っても、やはりいっぱしの遊び人なのだ。どうして、もっと早くこの側面を見せてくれなかったのか。

「マズグレイヴ大佐は」兄貴は口ごもりながら言った。「こういう問題を見過ごすような方ではありません。謹厳《きんげん》なお人なのです。わたしの上司にお伝えになるでしょう。正牧師も謹厳な方なのです。つまり、ミスター・ウースター、もしマズグレイヴ大佐が小切手を銀行に提示なさったら、わたしは破滅です。しかも、大佐は今晩イギリスにお発ちになるのです」

兄貴がいっさいを打ち明けている間、ハンカチの端を噛みながら嗚咽《おえつ》をもらしていた妹が、ここで再び口を開いた。

「ミスター・ウースター」彼女は叫んだ。「お願い、お願い、助けてくださらない？　大佐の助けるとおっしゃって！　小切手を取り返すには、九時までにお金が必要です。大佐のお乗りになる汽車は九時二十分。わたし、思案が尽きかけていたときに、あなたがとてもご親切なのを思い出したの。ミスター・ウースター、シドニーにお金を貸してください。もちろん担保はお出しします」そう言うが早いか、バッグに手を突っ込み、何かのケースを取り出して蓋《ふた》を開けた。「わたしの真珠です。いくらにつくか、わたしには分かりませんが——父からの贈り物で——」

「もはやこの世におらぬ父の——」兄が割り込んだ。

「でも、いま必要な金額よりずっと値打ちがあるのは確かです」

実に妙な具合になってきた。これじゃあ、まるで質屋の親爺だ。腕時計を出して、ひとつ頼むよと来るようなものじゃないか。

「そ、それはいけませんよ。担保なんて、とんでもない。喜んでお貸ししましょう。実は、いまここに持っているんだ。うまいことに、今朝下ろしたばかりで」

僕は札束を取り出して押しやった。兄貴が首を振った。

「ミスター・ウースター。あなたの寛大さと、美しくも心温まるわれわれへの信頼に感謝申し上げます。しかし、そんなことをなさってはいけません」

「シドニーの言う意味は」娘が言った。「あなたがわたしたちをほとんどご存じないということです。赤の他人も同然じゃありませんか。そんな二人に無担保でお金を貸すような、危ない真似をなさらないで。ビジネスライクに処理してくださらないと分かっていたら、こちらへは伺いませんでした」

「公営質屋で真珠を——その——曲げるのは、考えるのも嫌でした。そこはお分かりいただけるでしょう」兄貴のほうが言った。「形式だけの、簡単な受け取りさえいただければ——」

「ああ、いいですよ」

僕は受け取りを書いて渡したが、何だか馬鹿みたいな気持ちだった。

「さあ、どうぞ」

娘は紙切れをひったくるとバッグに押し込み、札束もつかんで兄シドニーに渡した。そして、あっという間もあらばこそ、僕に駆け寄ってキスをすると部屋から飛び出していった。

正直言って、僕はぶったまげた。それほど突然で、不意を突かれた感じだったのだ。あの娘が、という意味さ。いつもおとなしくて、控え目の見本——やたらと男どもにキスしてまわるような女とはわけが違う。ぼうっとかすんだ僕の視界に、奥から現われて兄にコートを着せ掛けるジーヴズが映った。なんでこんな妙なコートを着る気になるんだろうと、ぼんやり考えたのを覚えている。ずだ袋と呼ぶのがぴったりの代物だった。兄はそばに来て、僕の手を握りしめた。

「お礼の言葉もありません、ミスター・ウースター」

「いいえ、なんでもありませんよ」

「あなたはわたしの名を救ってくださったのです。シェイクスピアも言っておりますね。

男および女の善《よ》き名こそ」僕の手を熱心にまさぐりながら牧師は言った。「魂に最も近き宝なり。我が財布を盗むは屑を盗むに等し。財布こそ我から彼に所を変えたれど、金は天下の廻り物ならずや。されど我が善き名を盗むものは自らを富ましむるに非《あら》ずして、まことに我をば貧せしむるなり。心の底からお礼を申し上げます。おやすみなさい、ミスター・ウースター」

「じゃあ、おやすみ」

ドアが閉まってから、僕はジーヴズに目配せした。「こりゃまた悲惨な話だな、ジーヴズ」

「は」

「ぼくが現金を持っていてよかったよ」

「ええ——まあ——さようで」

「あまり感心していない口ぶりだな」

「あなたさまの行為を批判する立場にはございませんが、言わせていただけますならば、いささか性急に事を運ばれすぎたかと」

「何が？　金を貸したことか？」

「さようです。フランスの海浜《かいひん》リゾートは、いかがわしい輩《やから》で満ち満ちておりますから」

これはちょっとひどすぎる。

「おい、ジーヴズ」僕が言った。「ぼくは相当がまん強い男だが、聖職にある人間に、そんな瀆《とく》――とく、何だっけ――瀆なんとか的なことを言うのは――」

「わたくしの下司《げす》の勘ぐりかもしれません。しかしわたくしは、この手の歓楽地をたくさん見てまいりました。ちょうどこちらにお仕えする直前、ロード・フレデリック・レインラーにお仕えしておりましたが、この殿さまが見事に騙《だま》されておしまいになったのです。犯人は、『白鼠のシド』という綽名《あだな》の男で、モンテ・カルロで相棒の女を使ってわれわれに近づいてきました。あの経験は忘れようがありません」

「おまえの回想を邪魔する気はないがね、ジーヴズ」僕は冷淡に言った。「あんまりいい加減なことを言うなよ。今回の件で、どこに怪しいところがある？　連中は真珠を置いていっただろう？　分かったら、口に出すまえによく考えることだ。フロント・デスクに行って真珠を金庫に預けてこい」そう言って僕はケースを取り上げ、蓋《ふた》を開けた。

「あっ、これは！」

空っぽだった。

「畜生！」僕は天を仰いだ。「やっぱり、あのとき、汚いことをやったと言うのか？」

「そのとおりでございます。先ほど申し上げたロード・フレデリックが騙されなすったのと全く同じ手口でございます。女の相棒が感謝の気持ちをこめて殿さまを抱擁しているすきに、白鼠のシドが真珠の入っているケースを同型のケースとすり替え、宝石と現金、そして受け取りを手に出て行ったのです。その受け取りをもとに、やつは殿さまに真珠の返却を迫りました。もちろん真珠は出せませんから、殿さまは損害賠償として大金をお支払いになるほかありませんでした。簡単ですが効果的な手口です」

足元が大音響と共に崩れ、ぽっかり穴が開いたような気持ちだった。

「白鼠のシド？　シド！　シドニー！　兄貴のシドニーか！　何てことだ。ジーヴズ、あの牧師は白鼠のシドだと思うか？」

「はい」

「でも、そんなばかな。だって、カラーは首の後ろで留めるようになってたし——あれなら、主教だっていちころだぞ。本当にやつは白鼠のシドだと思うか？」

「はい。部屋に入って来たとたん、あの男だと分かりました」

僕は唖然として、目の前の悪党を見つめた。

「やつだと分かった？」

「はい」

「それなのに、おい」僕は動転して言った。「ぼくに教える事だってできたじゃないか」

「それよりも、コートを着せ掛ける際にわたくしがそっとポケットから抜き取ったほうが、大騒ぎや後の面倒を避けられると判断いたしました。これがそれです」

偽物のケースの脇に、ジーヴズはもう一つのケースを置いた。全く見分けがつかなかった。僕は本物を開けた。中から、どえらく美しい真珠がきらきらと微笑《ほほえ》みかけてきた。僕はぼんやりとジーヴズを眺めた。参りそうだったのだ。

「ジーヴズ」僕は叫んだ。「おまえはほんとの天才だ！」

「さようでございます」

　安堵の気持ちがどっと湧いてきた。ジーヴズのおかげで、何千ポンドかを吐き出させられなくてすんだのだ。

「どうやら大手柄のようだな。シドのような鉄面皮野郎でも、ここに戻ってきて真珠を返せという根性はあるまい？」

「さよう推察いたします」

「よし、それじゃあ――あっ、待て。これはまがい物やなんかじゃないだろうな」

「はい。本物の真珠で、たいそう高価なものです」

「そうか、それで安心、大船に乗ったようなもんだ。戦艦の上で昼寝しているも同然だ。百ポンドは損したかもしれないが、真珠ひとつなぎ分だけ勝ち越しだ。間違っているか？」

「そうも参りませんでしょう。真珠をお戻しにならなければいけません」

「何だと？　シドにか？　この腕があるかぎりぜったい――！」

「違います。正当な持ち主にです」

「でも、誰が正当な持ち主なんだい？」

「ミセス・グレグソンでございます」

「何っ！　どうして分かる？」

「もう一時間ほどになりますが、ミセス・グレグソンの真珠がなくなったと、ホテル中がひっくり返るような大騒ぎでございます。お戻りになる少しまえにミセス・グレグソンの小間使いと話しましたところ、ホテルの支配人が奥方さまのお部屋に来ているそうです」

「いまごろ、ぎゅうぎゅう絞り上げられてるな」

「まあ、そうでございましょう」

だんだん話が飲み込めてきた。

「これから行って、戻してやろう。これで叔母に貸しができるな、どうだ？」

「そのとおりでございます。それと、もし付け加えてよろしければ、強調しておっしゃるべきは、これを盗《と》ったのが――」

「そうか！　叔母がぼくに結婚しろと押し付けていた娘だな！」

「さようでございます」

「ジーヴズ、史上最大の快挙だぞ、叔母をこれほどへこませられれば」

「その可能性は十分ございます」

「しばらく黙らせておけるな？　しばらくはいじめられないですむな？」

「そうなるはずです」

「やったあ！」と叫んで、僕はドアに向かって走った。

アガサ叔母の領域に入るはるか前から、大捜索が進行中なのが一目で分かった。ホテルの制服を着た男たちや部屋係らしい大勢の女たちが廊下にたむろしており、何人かの入り混じった声がドア越しに聞こえた。中でも、アガサ叔母のが飛び抜けて高かった。僕はノックをしたが、誰も気が付かないようなので勝手に入りこんだ。中では部屋係の女がヒステリーを起こしていたし、アガサ叔母は髪を逆立《さかだ》てていた。頬ひげを生やした山賊面の支配人もいる。

「もしもし」僕が言った。「もしもし、もしもーし！」

アガサ叔母は、僕をしっ、しっと追い払うような仕草をした。歓迎の表情などみじんもない。

「邪魔しないで、バーティ」我慢の緒が切れたかのように、叔母は言い放った。

「何かあったの？」

「何かどころじゃありません！　わたしの真珠がなくなったのよ」

「真珠？　真珠？　真珠ですか？」僕は言った。「まさか、ほんとに？　そりゃあ困りましたねえ。最後に見たのはどこで？」

「最後に見たのと何の関係があるの？　あれは盗まれたのです」

ここで、頬ひげ王ウィルフレッドが新たなラウンドに臨《のぞ》むボクサーのようにしゃしゃり出てきて、猛烈な勢いのフランス語でまくし立てはじめた。相当やっつけられた様子だ。部屋係の女中は隅で泣きわめいていた。

「当然、どこも捜したでしょうね?」

「当然、どこもよく捜しました」

「でもねえ、ぼくもよく襟ボタンを失くすんだけど——」

「たわごとはやめてちょうだい、バーティ！　馬鹿話に付き合っている暇はありません……あなたたちもお黙り！」教練係の曹長か、ディー砂丘の牛飼いみたいな大音声《だいおんじょう》だ。叔母の威力があまりすさまじいもので、さしものウィルフレッドも壁にぶち当たったみたいに黙り込んでしまった。部屋係の女は相変わらず泣き叫んでいる。

「ねえ」僕が言った。「あの女、様子が変ですよ。泣いているんじゃないかな？　叔母さんは気がつかなかったかもしれないけど、ぼくは敏感だから」

「あの女が真珠を盗んだの！　ぜったいそうよ」

この一言に頰ひげ男は再び弁舌をふるいはじめ、二分もたつとアガサ叔母は氷のように冷然とした貴婦人の声を使うに至った。ふだんは、レストランの給仕を叱りつけるために特別に取ってあるやつだ。

「いいこと、あなた。いったい何度言えば——」

「ねえ」僕が割り込んだ。「お取りこみ中のようですが、これがそのブツじゃないかな、ひょっとして？」

僕は真珠を取り出し、高々と持ち上げた。

「真珠みたいに見えるけど、どう？」

こんなにぞくぞくする経験は初めてだった。これぞ、将来は孫を膝に乗せてお話ししてやりたい経験というやつなのだろうが、いまのところ僕に孫のできる可能性は百に一つくらいだろう。アガサ叔母は僕の前で、目に見えてへなへなとしおれていった。いつぞや見た気球のガス抜きと同じ具合だ。

「どこ――どこ――どこで――」叔母の喉が鳴った。

「お友達のミス・ヘミングウェイから」

これでも分からないようだ。

「ミス・ヘミングウェイ？　ミス・ヘミングウェイですって！　でも――でも、なんであの人が持っていたの」

「なぜ？」僕は言った。「そりゃあもちろん、あの女が盗んだからですよ。あいつがちょろまかしたんだ！　失敬したんだ！　それがあの女の商売ですよ――お人よしの連中にホテルで近づいて宝石を盗むというのがね。女の綽名《あだな》は知らないが、兄貴と称する後ろボタン襟の男は、裏の世界で名を馳せた『白鼠のシド』という悪党なんだ」

叔母は目をぱちくりさせた。

「ミス・ヘミングウェイが泥棒！　わたし――わたし――」言葉を切って、僕を弱々しく見た。「でも、どうしてあんたが真珠を取り返せたの、バーティ？」

「そんなのはどうでもいい」僕はぴしゃりと言った。「ぼくにはぼくの手段があるんだ」そして、男の勇気を総結集し、口の中で一言お祈りを唱えると、叔母のどてっ腹めがけてぶち込んだ。

「言っておきたいんだが、アガサ叔母さん。これは何事です？」僕は厳しく問い詰めた。

「全く、不注意としかいいようがない。このホテルではどの寝室にも、宝石や貴重品は支配人室の金庫に預けてくれと掲示が出ているじゃありませんか。なのにあなたは、鼻もひっかけなかった。その結果はどうです？　あっさり泥棒が入ってきて、真珠を盗られたんだ。なのに、あなたは自分の過失を認めようとしないで、気の毒にそこの男をしぼり上げたもんだ。あなたはこの人に、とてもとても理不尽なことをしたんですよ」

「ソデス、ソデス」気の毒な男はうめいた。

「それと、そこの不運な女性、そっちはどうなんです？　ひどい目に遭ったもんですね！　何の証拠もないまま、泥棒呼ばわりされたんですよ。裁判所に訴えなさいと言いたいぐらいだ――罪名は知らないが、相当の賠償金をせしめられるな」

「モチロン、モチロン、それがトーゼン」山賊の頭目が僕の肩を持ってフランス語で叫んだ。部屋係の女中は希望の光が見えてきたのか、仔細《しさい》を知りたそうに顔を上げた。

「その女には弁償します」アガサ叔母が力なく言った。

「そりゃそうでしょう。いますぐやったほうがいい。証拠は完全に揃ってるんだから。ぼくが彼女なら、二十ポンドが一ペニー欠けても拒否するな。それにしても鳥肌が立つのは、あなたがこの気の毒な男を不当に罵倒し、ホテルの名声に傷をつけようと――」

「そうだ、全く！　ヒドイにもホドがある」頬ひげの悪党が言った。「この、おっちょこちょいのバカ婆あ！　ホテルの名前がめちゃくちゃジャナイカ。アシタ出て行ってもらいマショウ。ふざケルナ！」

それから、いずれ劣《おと》らず強烈な悪罵が続いたが、言うだけのことを言い終わると男は部屋女中ともども引き下がった。彼女は十ポンドのピン札を二枚握りしめていたが、どうせ後で山賊野郎と山分けさせられるのだろう。フランスのホテル支配人で、現金を目にしながら分け前にありつかずに済ますやつはいない。

僕はアガサ叔母のほうを振り返った。線路でデイジーを摘んでいて、下りの急行に背中をドスンとやられた少女のような様子だ。

「傷口に塩を擦り込むようなことはしたくないんですが」僕の声は冷ややかだった。「行くまえに一言だけ言っておきたいですね。真珠を盗んだのは、ここに来て以来あなたが毎日結婚しろ結婚しろとぼくに押し付けていた娘なんですよ。全くもう！　叔母さんの言うとおりに結婚してごらんなさい――将来ぼくが子供たちを膝で遊ばせていたら、そのすきに腕時計を盗られる破目になりますよ。ぼくは文句を言うたちの性格じゃないけど、今後結婚を勧めるときにはもう少し注意してほしいもんだ」

僕は叔母に一瞥《いちべつ》をくれると、きびすを返して部屋を出た。

「午後十時か？　気持ちのいい夜。すべてが最高だな、ジーヴズ」スイート・ルームに戻った僕は言った。

「それは嬉しゅうございます」

「おまえがもし、二十ポンドばかり散財したいなら――」

「まことにありがとうございます」

しばしの沈黙。そして――そう、つらい気持ちを押さえながら、僕はカマーバンドを外してジーヴズに渡した。

「アイロンをおかけいたしますか？」

僕は最後の一瞥をくれた。永《なが》の別れだ。大事な物だったのに。

「いや」僕は言った。「持って行って、欲しいやつにくれてしまえ――二度と着けることはない」

「痛み入ります」ジーヴズはそう言った。


(*Aunt Agatha Speaks Her Mind/Pearls Mean Tears*, 1922)

ジーヴズと グロソップ一家

その一　ウースター一族の名誉の問題

僕の好きなものを一つと言われたら、それは静かな生活だ。周りでしじゅう何事か起こっていないと落ち着かなかったり、落ち込んでしまったりするたちじゃない。僕が退屈してしまうなんて、まずありえない。三度のまともな食事、上出来のミュージカル・コメディを時々、いっしょにほっつきまわる友達の一人二人もいれば、あとはもう何もいらない。

だからこそ、あの問題が起こったときは、まさに大ショックだったのだ。ロヴィルから帰ってきた僕は、もはや自分をまごつかせるようなものはありえないと確信していた。アガサ叔母がヘミングウェイ事件から回復するには一年はかかるはずだし、叔母さえいなければ僕にうるさくするような人間は誰もない。まあ、僕にとってみれば、空はあくまで青く、雲一つないといった状態だった。

ところが、思いきや……こんな事件が起こったのだから、驚かずにいられますかと言わざるをえない。

ジーヴズは年に一度、二週間ほど休暇を取って、海辺かどこかに充電に出かける習慣になっている。ジーヴズがいないのは、もちろん僕にとっては困ったことだ。でも我慢しなければいけないことだから、僕は我慢する。ジーヴズのために言っておけば、やつは自分の留守中のためにちゃんとした代わりの男を見つけてくるのも忘れない。

今年もそういう時期がやってきて、ジーヴズはいま、キッチンで代わりの男に引き継ぎ事項を伝えているようだ。ちょうど僕は切手か何かが必要で、在《あ》り処《か》を訊こうと廊下に出た。不注意にもドアが半開きのままで、二歩と進まないうちにジーヴズの言葉が僕の鼓膜《こまく》を直撃した。

「すぐに分かるだろう。ミスター・ウースターは」ジーヴズは代わりの男に言っていた。「とても明るく優しい方だが、知性はゼロ。頭脳皆無。精神的には取るに足らない――全く取るに足らん」

おのれ、何ということだ！

本来ならば、すぐさま飛び込んで頭ごなしに叱り飛ばしてやるところだろう。が、ジーヴズを怒鳴りつけて思い知らせてやれる人間なんているのだろうか。僕としては、そんなことをする気持ちにもならなかった。帽子とステッキを角ばった声で命じて、外に飛び出しただけだ。でも、分かると思うが、このいまいましい記憶は残った。僕らウースター一族は記憶がいいほうなのだ。待ち合わせの約束や友達の誕生日、手紙の投函《とうかん》なんかを忘れることはあっても、こんなけしからん侮辱を忘れ去ることはありえない。僕はしんそこ腐った。

ふさぎこんだまま、ちょっとした元気づけのためにバックスのオイスター・バーに立ち寄った。というのも、アガサ叔母のところに昼飯に向かう途中だったのだ。ロヴィルの事件の後では、さしもの叔母も神妙におとなしくしているはずだとはいいながら、大変な試練であることに変わりはない。駆けつけ一杯に続いてゆっくり二杯目をやり終えると、まあまあ元気らしいものが出てきた。そのとき、北東の方角からくぐもったような声がしたので振り返ると、ビンゴが部屋の隅にもたれて、チーズを載せたパンにかぶりついていた。

「いよう——いよう——いよう!」僕は言った。「久しぶりじゃないか? 最近、こっちのほうにはいなかったようだな?」

「そう、ずっと田舎のほうに引っ込んでた」

「何だって?」ビンゴの田舎嫌いは、僕も知っている。「どこに?」

「ハンプシャーさ。ディタレッジという場所だ」

「えっ、ほんとに? あそこに屋敷を構えている人間を知っているんだ。グロソップというんだがね。連中には会った?」

「それどころか、ぼくはあそこに巣食ってるんだ!」ビンゴが言った。「グロソップのせがれの家庭教師をやっている」

「何のために?」ビンゴが家庭教師とは信じがたい。もちろん、オックスフォードで何かの学位はもらったはずだから、騙される人間もいるんだろうが。

「何のため？　金だよ、決まってるじゃないか！　ヘイドック・パーク競馬場の第二レースで絶対本命が外《はず》れてしまってさ」さも悔しそうだ。「一ヶ月分の生活費を全部すっちゃった。これ以上伯父にせがむ勇気もないし、あとはお決まりの紹介所巡りというわけだ。あっちには、もう三週間もいる」

「グロソップのせがれには、ぼくは会ったことがないな」

「会わんでいい！」ビンゴがぴしゃりと言った。

「あの一家で会ったことのあるのは娘だけでね」と僕が言い終わらないうちに、おそろしい変化がビンゴの顔に表われた。目玉が飛び出し、頰が真っ赤になり、喉仏《のどぼとけ》は射的場の噴水の上で踊っているゴムまりみたいにぐるぐる動きまわった。

「そうなのか、パーティ！」絞め殺されるような声だった。

僕はこのかわいそうな男を同情の目で眺めた。ビンゴがいつも誰かに惚れているのは承知だが、それでも、ホノーリア・グロソップに惚れることができるとは思わなかった。僕にとっては、彼女は毒薬の壜《びん》みたいなものだった。近ごろよく見かける、たいへん大柄で、頭がよくて、精力的でやる気満々の娘だ。ケンブリッジはガートン女子カレッジの出身だが、大学では頭蓋骨《ずがいこつ》が破裂しそうになるまで脳味噌を肥《ふと》らせただけでなく、あらゆるスポーツに手を出し、ミドルウェイト級の怪力レスラーのような体型になっていた。ケンブリッジ代表のボクシング選手だったとしても不思議はない。彼女が目のまえに現われると、僕はいつも地下室に逃げ込んで警報解除のサイレンが鳴るまでちぢこまっていたい気持ちになるのだった。

ところがビンゴは、そんな彼女に身も心もといった様子だ。間違いない。その目には、恋の輝きが表われていた。

「あの子にぞっこんなんだ、バーティ！　彼女が踏んだ大地にひれ伏したいぐらいだ！」恋の奴《やっこ》となったビンゴは、とどろき渡るような大声で続けた。店にはフレッド・トンプソンと二、三人が入ってきており、バーテンダーのマッギャリーも耳をそばだてて聞いていた。けれども、ビンゴには気後《きおく》れというものがない。やつを見ていると、僕はいつもミュージカルの主人公を思い出す。舞台の中央で大勢に取り囲まれ、声をかぎりに自分の恋を歌い上げる男のことだ。

「打ち明けたのか？」

「いや、そんな。そんな大それた。でも、ほとんど毎晩二人で庭を散歩するし、時々は彼女の目にもあの表情が宿るんだ」

「あの目ならぼくも知ってる。教練係の曹長みたいなやつだろ」

「そんなんじゃない！　優しい女神のような目だ」

「ちょっと待ってくれよ」僕が言った。「ひょっとして、別の子の話をしていないか？　ぼくが言ってるのはホノーリアのことだぜ。聞いたことはないけど、妹か誰かいるんじゃないか？」

「名前はホノーリアだ」ビンゴが厳かな口調で言った。

「あの子が優しい女神？」

「そうとも」

「やれやれ！」

「歩む姿の美《うる》わしさ、夜空の星にさも似たり。そのかんばせに宿れるは、闇と光の誠《まこと》なり。チーズトースト、おかわり」ビンゴはバーテンダーに言った。

「えらく栄養をつけるじゃないか」

「これが昼飯なんだ。一時十五分にウォータールー駅でオズワルドを拾って、帰りの汽車に乗る。街の歯医者に連れて来たんだ」

「オズワルド？　それがせがれの名前か？」

「うん、ちょっと厄介ながきでね」

「厄介！　それで思い出した。アガサ叔母と昼飯なんだ。もう行かなきゃ、遅れてしまう」

アガサ叔母とは、真珠の事件いらい会っていなかった。叔母といっしょの飯なぞ楽しいわけもないが、彼女が絶対に匂わそうともしないと自信の持てる話題が一つあった。僕の結婚問題だ。ロヴィルであんな大失態をやらかしたのだから、まともな恥を知る女だったら、ひと月やふた月はこの話題に近寄ることすらしないはずだ。

でも、女には呆れる。女性の面《つら》の皮のことだ。全く信じられないだろうが、叔母は席につくなり、結婚話を持ち出したのだ。開口一番に。嘘じゃない、神に誓う。天気の話もそこそこに、叔母は顔色一つ変えないで言った。

「バーティ。あれからずっとあなたのことを考えていたのよ、あなたが結婚する必要性を。ロヴィルのあの猫かぶり女に関して、わたしが大きな思い違いをしたことは正直に認めます。でも、今度は間違いの余地なし。天から降ってきたような幸運で、あなたの伴侶を見つけたの。最近会ったばかりだけど、家柄については何の疑問もありません。それと、あなたの場合は関係ないけど、お金もたくさん持っています。でも、大事なのはここ——そのお嬢さんは頑健で、自立心と常識を備えています。あなたの性格に欠けている多くの点を補ってくれる、ぴったりの娘さんよ。あなたも知ってるお嬢さん。あなたに欠点がたくさんあるのは承知のうえで、嫌いじゃないそうよ。これはわたしが——もちろん遠まわしに——確かめました。だから、あとはあなたのほうからまず——」

「誰です?」もっと早く訊きたかったんだが、あまりの衝撃にパンを変なほうに飲み込んでしまい、やっとのことで顔が紫色に変わるのをおし止めて、喉を再開通させたところだったのだ。

「誰なんです、それは?」

「サー・ロデリック・グロソップのお嬢さまのホノーリア」

「そ、そりゃあダメだ!」僕は叫んだ。今度は顔から血の気がひいていった。

「ばかもいい加減になさい、バーティ。彼女こそあなたにぴったりの伴侶です」

「でも、その――」

「あなたをものにしてくれます」

「ものになんか、してほしくない」

アガサ叔母は、子供の時分の僕がジャム戸棚に隠れているのを見つけたときと同じ目つきをした。

「バーティ！　あんまり手間を取らせるんじゃありません」

「うん、でもぼくは――」

「レイディ・グロソップはご親切にも、あなたが二、三日間ディタレッジのお屋敷に来るよう招待してくださいました。明日喜んでお伺いするとお答えしておきましたからね」

「悪いけど、明日はとても大事な約束があって」

「どんな約束よ？」

「ええ――それは――」

「約束なんてありません。あったとしても、延ばすんです。明日ディタレッジのお屋敷に行かなかったら、バーティ、叔母さんは本当に怒りますからね」

「いいよ、分かった！」

アガサ叔母と別れてから二分もたたないうちに、心の奥からウースター一族の闘志が湧き上がってきた。目のまえの危機は深刻ではあるが、不思議な高揚感があったのだ。たしかに窮地には違いないが、危なければ危ないほど、ジーヴズの手を借りないで切り抜けたときにぎゃふんと言わせてやれるはずだ。もちろん普段なら、すぐさまジーヴズに相談し、やつが解決するのを見ていればいい。しかし、キッチンの外であの言葉を漏れ聞いた後では、そんな卑屈な行動は取れない。家に戻ると、僕はさりげなく言った。

「ジーヴズ、ちょっとした問題が発生した」

「お気の毒さまでございます」

「ちょっと厄介な問題だ。まあ、崖っぷちを背に、絶体絶命とでもいうか」

「わたくしでお役に立つようでしたら――」

「ああ、いや。いやいや！　ありがたいが、大丈夫だ。おまえの手は煩わせない。自分でうまく解決できるさ」

「それはよろしゅうございました」

それでおしまいだった。実はもう少し関心を持ってほしかったのだが、これがジーヴズのジーヴズたるゆえんだ。マントで感情を覆い隠している、そういった感じの男なのだ。

次の日の午後、僕がディタレッジに着いたとき、ホノーリアはいなかった。母親によれば、近くに住むブレイスウェイトという家に泊まりに出かけていて、翌日その家の娘を連れて戻ってくるという。オズワルドは庭にいるということだったが、母親の愛とは凄いもので、その口調はまさに、オズワルドのおかげで庭がよりすばらしくなって、僕にも行ってみる価値が生まれたかのように聞こえた。

ディタレッジの庭園はなかなかのものだ。テラスが二つ突き出ており、真ん中に杉の木が一本立った芝生は植え込みに囲まれ、その奥には、石橋のかかった悪くない池がある。植え込みの角を曲がると、ビンゴが石橋にもたれて煙草を吸っていた。橋の欄干に座りこんで釣りをしているのが、疫病神《やくびょうがみ》のオズワルドとおぼしき子供だった。

ビンゴは僕を見ると驚きながらも喜んで、すぐに子供に紹介した。子供が驚いたとか喜んだとかいう様子はいっさいなかった。外交官のように無表情だった。僕を見て、眉を少し動かし、また釣りに戻った。全く人を小馬鹿にしている。三流の学校を出た、ぶら下がりの安背広を着ている男を見るような態度だ。

「オズワルドだ」ビンゴが言った。

「こりゃあ嬉しいな！」僕は親しげに言った。「どうだい？」

「うん、まあ」子供が言った。

「いいとこだな、ここは」

「うん、まあ」

「釣りは楽しいかい？」

「うん、まあ」

二人だけで話そうとビンゴが僕を促した。

「あのオズワルドのオウムみたいな態度、頭が痛くならないかい？」僕が訊いた。

ビンゴは溜息をついた。

「辛い務めだ」

「何が？」

「やつを愛すること」

「やつを愛するって？」僕は驚いて訊いた。そんなことが可能だとは予想もしなかった。

「努力はしてる。彼女のために。明日帰ってくるんだ」

「らしいね」

「彼女は帰ってくる、いとしい、ぼくの……」

「分かったよ。でも、もう一度オズワルドのことだが、四六時中そばにいなけりゃいけないのか？　そんなことができるのか？」

「いや、そんなに手間はかからない。勉強のとき以外は、魚を釣り上げようと一日じゅう欄干に座っている」

「いちど突き落としてやったらどうだ？」

「突き落とす？」

「それが真っ先に打つ手のようだぜ」僕は恨みをこめて小僧の背中を眺めながら言った。

「少しは目がさめて、周りにも気を使うようになる」

ビンゴはいかにも無念と言った様子で首を振った。

「そりゃあ、やってみたいさ。でも、できない。そうだろう、彼女が一生許してくれない。あいつを異常に可愛がってるんだ」

「そうだ！」僕は叫んだ。「これだ！」霊感がひらめいたときの感覚というやつ、分かってもらえるかな？　襟元から脊髄を通って靴底へと広がっていく、ぞくぞくする感じだ。ジーヴズのやつはいつもこんなふうなんだろうが、僕にはめったにないことだ。でもいまは、世界が僕に「ひらめいたな！」と叫んでいる。僕は思わずビンゴの腕をがっとつかんだが、向こうは馬にでも噛まれたと思ったかもしれない。華奢《きゃしゃ》な顔を痛みでゆがめながら、いったい何のつもりだと訊いた。

「ビンゴ」僕が言った。「ジーヴズだったらどうしたと思う？」

「どういう意味だ、ジーヴズだったらとは？」

「こんな場合にやつがどうするだろうか、という意味さ。きみはホノーリア・グロソップに格好いいところを見せたいんだろう。じゃあ、言ってやろう。やつなら、まずきみを近くの藪の中に隠し、ぼくにホノーリアを橋の上まで誘い出させる。それから、頃合を見てあの子供の背中をどすんと一突きさせるだろう。子供は水の中に落ち、きみが飛び込んで救い上げることになる。どうだ？」

「自分で思いついたんじゃないな、バーティ？」ビンゴは押し殺した声で言った。

「もちろん、ぼくの発案さ。知恵があるのはジーヴズだけじゃない」

「それにしても、凄い名案だ！」

「まあ、ちょっとした思いつきさ」

「ただ、唯一の欠点は、きみが極めてまずい立場になってしまうことだ。な、そうだろう。後であの子が、後ろから押したのはきみだと言ってみろ。彼女のきみに対する心証は台無しになるぞ」

「その危険は冒そうじゃないか」

ビンゴは大いに感動した。

「バーティ、それでこそ友達だ」

「いや、いや」

ビンゴは僕の手を静かに握り締め、風呂の湯が排水口に吸いこまれるような音をたてて笑った。

「どうしたんだ？」

「目に浮かぶぜ。オズワルドめ、びしょびしょの濡れ鼠だ。いやあ、たまらん！」

その二　勇士の報酬

すでにお気づきかどうか知らないが、いまいましいことに、この世の中で完全無欠なんてものはない。このわくわくするような計画の中で唯一の欠点は、言うまでもなく、ジーヴズが僕の活躍をじかに見られないことだ。しかし、それを除けば完璧だった。見事なのは、何一つ間違えようがないという点だ。分かると思うが、男AがB地点にいるちょうどその瞬間に男CをD地点に連れて行くなんて場合には、齟齬《そご》が起こる可能性が付きものだ。大作戦を立案した将軍を例にとってみよう。将軍は、ある連隊が下のほうで橋頭堡《きようとうほ》か何かを制圧しようとすると同時に別の連隊が風車の丘を占領するよう命じるが、結果は全体が目茶目茶になってしまう。その夜幕舎で反省会議をやってみると、連隊長の大佐が言う。「えっ、それは申し訳ない！　風車の丘とおっしゃったのですか？　てっきり、羊の群がいる丘とおっしゃったと思いました」と、まあ、そんなわけだ。しかし、今回だけはこういう羽目にはなりっこない。オズワルドとビンゴはずっと同じ場所にいるのだから、問題は頃合を見計らってホノーリアをその場所に誘導することだけだ。それは僕がちゃんとやってのけた。とても大事な話があるからいっしょに庭を散歩しないかと言ったのだ。

彼女は昼食のすぐ後、ブレイスウェイトの娘といっしょに車で帰ってきた。僕も紹介されたが、青い目と豊かな髪のすらりとした娘で――ホノーリアとは正反対――ちょっと気に入った。時間さえあれば、しばらく話をするのも悪くなかったろう。でも、仕事は仕事――ビンゴには、三時ちょうどに藪の後ろに隠れているよう指示してあった。僕はホノーリアを促して、庭園を池のほうへと進んで行った。

「ずいぶん無口ね、ミスター・ウースター」ホノーリアが言った。

僕はぎくりとした。ものすごく張りつめていたのだ。池が見えるところまで来たので、すべての準備ができているか確かめようと鋭い視線を放っている最中だった。準備は万全のようだ。オズワルド小僧は橋の上でしゃがみ込んでいる。ビンゴの姿が見えないのは、位置についている証拠だろう。腕時計を見ると二分過ぎていた。

「えっ?」僕は言った。「ああ、考え事をしていて」

「わたしに大事なお話があるんじゃなかったの?」

「そうだった!」僕は、手始めにビンゴのための地ならしをしてやろうと決めていた。つまり、具体的な名前は出さず、唐突に聞こえるかもしれないがある男が遠くからきみを恋い慕っているんだとかなんとか言って、抵抗感をなくしておいてやろうとしたのだ。

「こういう話なんだ。びっくりするかもしれないが、ある男がきみに心底から惚れているっていうんだ――それが、ぼくの友達でね」

「へえ、あなたのお友達？」

「そう」

彼女は野太い声を上げて笑った。

「それで、どうして自分でわたしに言わないの？」

「それがまあ、そういう男なんだ。臆病というか、自信がないというか。勇気がないんだ。きみを自分よりすごく格上だと思っていてさ。女神のように崇拝してるんだ。きみが歩いた地面をあがめ奉《たてまつ》ってる。でも、じかにきみに打ち明けられない」

「とても面白いお話ね」

「そう、あれはあれで悪いやつじゃないんだ。馬鹿の部類かもしれないが、気立てはいい。まあ、そういう話さ。心の隅で覚えておいてくれよ、いいだろう？」

「あなたって、すごく面白い人！」

彼女は天を向いて、恐ろしい勢いで笑った。突き刺すような笑い声だ。トンネルに突っ込む汽車のようで、僕にはとても音楽的には聞こえなかったし、オズワルドもひどく気にさわったようだった。怒りもあらわにこちらを睨んだ。

「そんな大声を立てないでくれよ。魚が逃げるじゃないか」

僕は我に返った。ホノーリアが話題を変えた。

「オズワルドも、あんな格好で橋の上に座らないでほしいわ。危ないでしょ。落っこちそうで」

「よし、ぼくが行って注意しよう」

この瞬間、僕と子供の距離は実際は五ヤードばかりだったろうが、僕には百ヤードにも感じられた。この距離を移動する間に、以前にも同じ経験があったような気がした。そうだ。何年もまえ、ある田舎屋敷で何かのチャリティのために素人《しろうと》芝居をやった折、僕が執事の役を演じる破目になったことがある。幕が開くと左の袖から出てきて無人の舞台を横切り、右手のテーブルの上にお盆を置くという手順だった。リハーサルでは、テープを切る競歩の選手みたいな踵《かかと》と爪先だけの早歩きだけはするなと言い含められていた。そのせいで本番ではブレーキをかけすぎたものだから、いつまでたってもテーブルにたどり着けないような気がした。目のまえの舞台は足跡ひとつない砂漠のように無限に広がり、大自然が息を止めて僕一人を見つめているようだった。そう、いまもそんな気持ちだ。喉はからからになって引きつり、歩けば歩くほど子供は遠ざかって行くようだった。どうしてそうなったのか分からないが、とつぜん僕は子供のそばにいた。

「やあ！」必死に作り笑いをしたが、あの子供には無駄弾《むだだま》だった。振り返って見ようともしない。気難しそうに左耳を動かしただけだった。これほど見事に無視されたことはかつてなかった。

「やあ！」僕は再度言った。「釣りかい？」

僕は兄のような態度で子供の肩に手を置いた。

「おい、気をつけろよ!」子供は腰を浮かしながら言った。僕は目をつぶって押した。抵抗感が消えた。一挙にカタをつけるか、何もしないかだ。僕は目をつぶって押した。抵抗感が消えた。何やらバタつく音、悲鳴がひとつ、空中で金切り声がして、それからボチャンという水音。こんな具合に、地上最大の作戦は展開していった。

僕は目を開けた。ちょうど子供が水面に浮き上がったところだった。

「助けて!」ビンゴが出現するはずの藪を横目で睨みながら僕は叫んだ。

何事も起こらなかった。ビンゴは影も形も見せない。

再び叫んだ。「おーい、助けて!」

僕の演劇経験を振り返って退屈させる気は毛頭ないが、もう一度だけ、僕が執事の役で出演したときのことを言わせてほしい。台本では、お盆をテーブルに置くとすぐに女主人公が現われて二言三言ほど言い、僕はお役御免という手筈《てはず》になっていた。ところが、その夜、何を勘違いしたのかこの馬鹿女は舞台のそばに控えるのを忘れていて、捜索隊が彼女を発見して舞台に押し上げたのはたっぷり一分もたってからだった。その間ずっと、僕は舞台に突っ立って待ちつづけたのだ。間が悪いったらありゃしなかった。いまもそれと同じ――いや、それよりひどい。「時間が立ち止まった」と小説家が書く意味が分かった気がした。

いっぽう、子供のオズワルドは早すぎる死を迎えることになりそうだった。何か手を打たなければならない。いままでのことを考えると、やつには親愛の情など浮かばなかったが、このまま逝《い》かせてしまうのはどうも感心できない。上から見る水面は信じられないほど汚らしくて気持悪そうだ。でも、やることはやらねばならない。僕は上着を脱ぎ捨てて飛び込んだ。

裸で水浴をしているときと違って、服のまま入った水は実に水っぽく感じる。妙な話だが、僕の実体験だから間違いない。水に潜《もぐ》っていたのは三秒ぐらいだったと思うが、水面に出たときには、新聞が「数日のあいだ水中に沈んでいたものと推定される」と描写する死体なみに湿っぽく膨らんでしまったような気がした。

この瞬間、シナリオはまた脇道にそれた。僕の意図としては、水面に出るや子供をつかまえ、格好よく岸へと連れ帰るはずだった。ところが、子供はそれを待っていなかった。僕がようやっと目をぬぐってあたりを見渡すと、オズワルドは十ヤードほど先を颯《さっ》爽《そう》と力強く泳いでいた。最新式のオーストラリア・クロール泳法に違いない。この光景を見て、僕はがっくりしてしまった。この救助劇のみそは、脇役が同じ地点で静かにしていることなのだ。そいつが勝手に泳ぎ出し、それも百ヤード競泳で四十ヤードの差をつけそうな勢いなのだから、僕の立場はどうなる？　すべての計画は音を立てて崩れ去った。あとは岸に戻るしかなさそうだったから、僕は岸に戻った。僕が上がったところには、子供は家に向かう道を歩いていた。どこから眺めても、計画はまさに水の泡だ。

僕の瞑想は、スコットランド特急が橋を通過するような轟音で破られた。ホノーリア・グロソップの笑い声だった。すぐそばに立って、意味ありげな目つきで僕を眺めている。

「ああ、バーティ、あなた、ほんとに面白い！」僕はいち早く、彼女の言葉つきにひどく不気味なものを感じ取った。いままで僕を呼ぶときは「ミスター・ウースター」以外言ったことがないのだ。「ひどい濡れかた」

「うん、濡れてる」

「はやく家に入って着替えたほうがいいわよ」

「うん」

僕は着ているものから水を二ガロンばかり絞り落とした。

「ほんとに面白いのね、あなたって！」彼女はまた言った。「とんでもなく遠まわしに告白しておいて、わたしの気を引くために、すぐ助けるつもりで気の毒なオズワルドを池に突き落とすなんて」

僕は必死に喉の水を吐き出し、この恐るべき勘違いを正そうとした。

「違う、違う！」

「本人もあなたが押したと言ってたし、わたしも見たわ。でも、バーティ、怒ってなんかいません。ほんとに優しい人ね、あなたって。わたし、そろそろ受け入れてもいいと確信しました。あなたには、面倒を見てくれる人が必要ね。映画の観すぎよ。下手をすると、次はわたしを救い出すために屋敷に火をつけかねないもの」彼女は所有者然とした目で僕を見つめた。「わたしなら、何とかあなたをものにできるはず。いままであなたが無駄に人生を過ごしてきたのは事実だけど、まだ若いんだから。それに、いいところもたくさんあるわ」

「い、ない、ない！」

「いえ、ありますとも。いまは隠れているだけ。さあ、早く屋敷に行って濡れた着物を取り替えなさい。風邪を引くわよ」

何というか、彼女の声には母親のような響きがあって、僕がはまりこんだ窮地を言葉の内容以上にずっしり悟らせてくれた。

着替えをすませて階段を降りる途中でビンゴに会った。やけに浮き浮きしている。

「バーティ！　会いたかったぞ、バーティ、えらいことが起こったんだ！」

「馬鹿！」と僕は叫んだ。「いったいどうしたんだ？　知ってるのか――？」

「ああ、藪に隠れるっていうやつか？　話す時間がなかったが、あれはやめにした」

「やめにした？」

「バーティ、ぼくはじっさい藪に隠れようとしたんだが、そこですごいことが起こった。芝生の向こうから、世界でいちばん輝かしく美しい女が歩いて来たんだ。彼女みたいなのは世の中に二人といないぞ、二人と。バーティ、一目惚れって信じるか？　きみなら分かるよな。一目見たとたん、磁力で吸い寄せられたんだ。ぼくはもう何もかも忘れてしまった。ぼくら二人だけが、音楽と太陽の世界にいたんだ。ぼくは近づいて、彼女と話をした。名前はミス・ブレイスウェイト――ダフネ・ブレイスウェイトっていうんだ。ぼくらの目が合ったとたん、ホノーリア・グロソップへの愛なんて一時《いっとき》の気まぐれにすぎないと分かった。バーティ、きみ、一目惚れって信じるよな？　彼女はすばらしい。優しい。慈愛に満ちた女神みたいに――」

僕はこの馬鹿者から離れた。

二日後にジーヴズから葉書が届いた。

結びはこうだった。「……相変わらずの好天です。最高の水浴を楽しみました」

僕はうつろで陰気な笑い声を一つ立てると、ホノーリアに会うために階下《した》へ降りていった。居間で会うことになっていた。僕にラスキンの美学的著作を読んでくれるというのだ。

その三　クロードとユースタスの登場

衝撃は、ちょうど一時四十五分（夏時間）に襲ってきた。折も折、アガサ叔母の執事のスペンサーがフライド・ポテトの大皿を差し出していて、僕はショックのあまり、スプーンで取ろうとしていたポテトを六本、食器棚へ跳ね飛ばしてしまった。骨の髄《ずい》まで衝撃を受けたのだ。

言っておくが、それでなくても僕は相当参っていた。ホノーリア・グロソップと婚約してから二週間近く、僕をアガサ叔母のいわゆる「ものにする」という目的に向かって彼女がどえらい日課を押し付けてこない日はなかったのだ。僕は目から泡が噴き出すまでしち難しい本を読み、美術館の回廊を何マイルも歩き、信じられないほど沢山のクラシック・コンサートに連れて行かれた。それやこれやで、僕はショックに耐えられる状態ではなかった。ましてこんな大ショックだ。ホノーリアは僕を引っぱってアガサ叔母のところに昼飯に来ており、ちょうど僕は「死は鴻毛《こうもう》よりも軽し」なんぞと空元気をつけている最中だった。突如、彼女が爆弾を炸裂させたのだ。

「バーティ」ホノーリアはふと思い出したように言った。「何という名前だったかしら——あなたの従僕は？」

「えっ？　ああ、ジーヴズだよ」

「あの男は、あなたに悪い影響を与えています。わたしたちが結婚したら、ジーヴズは追い出さねばなりません」

僕が見事に揚がった六本のポテトを食器棚に向けて飛ばしたのはまさにこの瞬間だった。スペンサーは、老いたレトリバー犬のごとくよたよたとポテトを追った。

「ジーヴズを追い出す！」僕は啞然とした。

「ええ。わたし、あの人嫌い」

「わたしも嫌い」アガサ叔母が言った。

「そんなの無茶だよ。だって、ジーヴズなしではぼくは一日もやっていけないもの」

「やっていくんです」ホノーリアが言った。「まったく、いけ好かない男」

「ほんと、いけ好かない男ね」アガサ叔母が言った。「いつだってそう」

何てことだろう。結婚が試練だとは知っているが、これほど大きな犠牲を伴うとは予想だにしなかった。僕が呆然としているうちに昼食はすんでしまった。

予定では食事の後、リージェント・ストリートでホノーリアの買い物のキャディを僕が務めるはずだったが、彼女が立ち上がって僕やその他の所持品をかき集めようとしたところで、アガサ叔母が待ったをかけた。

「あなた、どうぞお先に。バーティと少し話があるの」

ホノーリアは出て行き、アガサ叔母は椅子ごとにじり寄ってきて切り出した。

「バーティ」彼女は言った。「ホノーリアはこのこと知らないんだけど、あなた方の結婚でちょっとややこしいことが起きたのよ」

「ええっ！　ほんとですか？」希望の光が見えはじめた。

「いえ、まったく大したことじゃないの。ちょっと面倒なだけ。サー・ロデリックがいろいろやかましいのよ」

「ぼくが有望株じゃないってこと？　取り決めをチャラにしたい？　うん、そのほうが正しいかも」

「お願いだから、バカなこと言わないの、バーティ。そんな大ごとではありません。でも、サー・ロデリックは、お仕事がら――その――慎重すぎるのね」

意味が分からない。

「慎重すぎる？」

「そう。でも、仕方がないわね。経験豊富な神経専門医だから、ややもすれば人間についてゆがんだ見方をしてしまうのは」

やっと叔母の言わんとしていることが分かった。ホノーリアの父親サー・ロデリック・グロソップは一般に神経の専門医と呼ばれているが、それは体裁がいいからにすぎない。実のところ、おかしな連中のお守《も》り役に他ならないと世間の誰もが知っているのだ。たとえば、君の伯父さんの公爵がご不例にわたらせられ、麦わらを何本も髪に挿《さ》して居間に下りてきたとする。そのとき最初に呼ばれるのが、グロソップの親父さんなのだ。やってくるが早いか患者を品定めして、神経過敏ですなとか何とか言い、完全なる隔離静養なんぞを勧める。この国の名家で、親父さんを一度や二度呼ばなかったところはないはずだ。始終そういう立場に——親戚縁者が療養所から車を回してもらおうと電話しているかたわらで他人の頭を見守る立場に——あれば、人間についてゆがんだ見方をするようにもなろうというものだ。

「つまり、ぼくのことをアホだと思っていて、アホな義理の息子はいらないと？」

急所を突いた推理に、アガサ叔母は不機嫌な顔をした。

「もちろん、そんなばかげた考えはなさいません。慎重すぎるだけだと言ったでしょう。あなたが完全にまともだと納得なさりたいだけ」スペンサーがコーヒーを持ってきたので、叔母は言葉を切った。「あなたがディタレッジ・ホールで息子のオズワルドを池に落としたとか何とか、とんでもない話を信じ込んでいらっしゃるらしいの。まさかねえ。いくらあなただって、そんなことはしないでしょ」

「まあ、やつに寄りかかったのは確かです。そしたら、橋から飛び出したんだ」

「オズワルドは、あなたに突き落とされたと言い張っています。サー・ロデリックがそのことを気になすってお調べになったものだから、亡くなったあなたのヘンリー叔父さんのことが明るみに出たみたいなのよ」

叔母は深刻な顔で僕を見やり、僕は神妙な顔でコーヒーを飲んだ。二人は一族の墓穴を覗き、ひとつの亡骸《なきがら》を眺めているわけだ。亡くなったヘンリー叔父は、ウースター一族の汚点ということになっている。たいそうな好人物で、学校時代の僕にたっぷり小遣をくれたものだから、僕はとても慕《した》っていた。けれど時々奇妙な言動をする場合があったのは確かで、なかんずく自分の部屋でペットの兎を十一匹飼っていたから、潔癖な人なら、こいつはイカれていると思ったろう。まあ、正直に言えば、叔父は完全なる満足のうちに、兎に囲まれてある種の施設で亡くなったというのが真相だ。

「もちろん、途方もない言いがかりです」とアガサ叔母は続けた。「ヘンリーの素っ頓《とん》狂《きょう》を──といったって、そんな大したものじゃないけど──一族で誰か受け継ぐとしたら、血筋からいってクロードとユースタスのはずよね。だけど、世の中にあれほど出来る子たちもいないもんでしょう?」

クロードとユースタスは双子で、僕が卒業する夏に同じパブリック・スクールに入ってきた。そのころを思い出した僕は、「デキる」連中には違いないと思った。記憶するかぎり、僕は残りの学期じゅう二人を騒動から救い出すためにだけ走り回ったようなものだったのだ。

「オックスフォードで二人がどんなに立派にやっているか見てごらんなさい。エミリー叔母さんが最近クロードから手紙をもらったけど、二人は『追求者』というオックスフォードきっての倶楽部《クラブ》の会員候補に挙げられたそうよ」

「追求者？」僕のころにはそんな倶楽部はなかったはずだ。「いったい何を追求するんですかね？」

「そのことはクロードも触れていません。とうぜん、真理とか知識でしょう。とても格式のある倶楽部らしくて、クロードの話ではダチェット伯爵のご子息のロード・レインズビーも同じく候補に挙がっているの。あら、脱線したみたいね。要は、サー・ロデリックがあなたと二人きりでじっくり話したがっていらっしゃるの。頼みますよ、バーティ——といったって、賢《かしこ》ぶることはないの。ただ、まっとうにしていればいい。引きつった笑いはやめなさい、そのどろんとした目つきもしまいなさい。あくびやそわそわもいけません。忘れちゃだめよ、サー・ロデリックは賭博反対連盟の西ロンドン支部の会長でいらっしゃるから、競馬の話もご法度《はっと》。明日の午後一時半、あなたのマンションに昼食にいらっしゃいます。ワインは召し上がらないし、煙草がとてもお嫌い。それと、消化不良でいらっしゃるからごく質素な食べ物しか召し上がりません。コーヒーはお出ししないこと。精神病の半分はコーヒーが原因というお考えなのです」

「ドッグ・ビスケットと水一杯でちょうどいいんじゃない？」

「バーティ！」

「ごめん。単なる冗談」

「いいこと、そういうふざけた一言が命取りになるんです。あの方といっしょのときだけは、そのような浮わついた発言は慎みなさい。とても生真面目な方で……おや、もう行くの？　じゃ、わたしの言ったことを忘れちゃだめ。期待してますよ。もし何かあったら、金輪際《こんりんざい》許しませんから」

「分かったよ！」

家に帰っても、これでは一日気が重い。


翌日はかなり遅い朝食をとって、そのあと散歩に出かけた。ない知恵を搾《しぼ》り出すためには、何でも試してみる必要がありそうだ。朝早くのぼんやりした頭をはっきりさせるには、澄んだ空気に当たるのがいい。公園を一回りしてハイド・パーク・コーナーに来たところで、誰かが僕の背中の真ん中をこづいた。従弟のユースタスだった。二人の男と腕を組んでいるが、外側の一人はこれまた従弟のクロードで、真ん中はピンクの顔色に薄い色の髪、なにやら恐縮したような表情の男だ。

「よう、バーティ！」ユースタスが嬉しそうに言った。

「やあ」僕は物憂く答えた。

「ここで会ったが百年目。ぼくらのライフスタイルを支えてくれる唯一の男のお出ましだ！　ところで、ドッグ・フェイスにはまだ会ってないでしょう。ドッグ・フェイス、従兄のバーティだ。こちらがロード・レインズビー——こちらがミスター・ウースター。たったいま、きみのマンションに寄ったばかりなんだぜ。いないんでがっかりしたが、ジーヴズのやつがちゃんともてなしてくれた。あいつは凄いね、手放すなよ」

「ロンドンには何をしにきた？」

「なに、ちょっとうろついてるだけ。今日だけの日帰りで、全くの私用だよ。三時十分の汽車で帰る。ところで、さっき昼飯に誘ってくれたようだけど、どこにする？　リッツ？　サヴォイ？　カールトン？　シロズかエンバシーあたりの会員だったらそれでもいいよ」

「昼飯はだめ。別の約束がある。おや、大変だ！」僕は腕時計を見て言った。「遅くなった」タクシーに手を振りながら付けくわえる。「すまんな」

「男と見こんで」ユースタスが言った。「五ポンド」

立ち止まって問答する時間はない。僕は五ポンド札を抜き取って渡し、タクシーに飛び乗った。マンションに着いたのは一時四十分。飛び込んでいった居間は空だった。

ジーヴズが漂い出て来た。

「サー・ロデリックはまだお見えになりません」

「助かった！」僕は一息ついた。「いまごろは家具をぶち壊しているだろうと思ってたんだ」経験から言うと、嫌な約束の相手ほど時間きっちりに来るものだから、てっきりあの親父が居間の絨毯《じゅうたん》を行きつ戻りつして「待てど暮らせど来ぬ人の……」なんぞと熱くなっている姿が浮かんでいたのだ。

「準備はいいか？」

「すべてご満足行くかと存じます」

「何を食わせるつもりだ？」

「冷製コンソメにカツレツ、それにお口直しでございます。レモン・スカッシュは氷を入れて」

「うん、それなら親父さんもぶっ倒れたりすまい。忙しさにまぎれてコーヒーなんぞ出しちゃいかんぞ」

「もちろんでございます」

「どろんとした目つきもだめだ。うっかりすると、壁にクッションを張った保護房に押し込まれることになる」

「かしこまりました」

玄関の鈴が鳴った。

「位置につけ、ジーヴズ」僕が言った。「よし、行くぞ！」

その四　サー・ロデリックとの昼食

もちろんサー・ロデリック・グロソップには会ったことがあるが、いつもホノーリアといっしょだった。ホノーリアと同じ部屋にいると、周りの男はなぜかひどく小粒に見えてしまう。だからこうして会うまでは、サー・ロデリックがこんなに威圧感のある男だとは思わなかった。もじゃもじゃした眉毛に引き立てられた二つの目が、空《す》きっ腹にこたえるほど鋭い光を放っている。背も高く幅も広かったが、なにより、セント・ポール寺院の大ドームのような、ほとんど一本の毛もない巨大な頭が異彩を放っている。帽子のサイズはきっと九ぐらいあるだろう。脳味噌が発達しすぎるとこんなひどいことになるという見本だ。

「やあ！　どうもどうも！」僕はうちとけた雰囲気を作ろうとして言いかけたが、これこそ厳しく戒められている行動だと気がついた。こういうとき、会話を軌道に乗せるのはすごく難しい。ロンドンのマンション住まいは明らかに不利だ。と言うのは、田舎で客を迎える若領主だったら「メドウスイート・ホールへようこそ！」とか何とか、格好いい挨拶ができるじゃないか。「郵便番号W地区、バークリー・ストリート、クライトン・マンションズ六のA号にようこそ」なんて、さまにならない。

「少しばかり遅くなってしまったようですな」座りながらサー・ロデリックが言った。「ロード・アラスター・ハンガーフォードに——ラムファーライン公爵のご子息ですが——倶楽部で捕まってしまった。公爵閣下はご家族がずっと心配しておられた徴候を再発なさったらしく、わしもすぐに出て来られなかったのです。そのため時間に合わせられなかったが、あまりご迷惑にはならなかったでしょうな」

「とんでもない。ふうん、公爵はイカれてしまったんですか？」

「わしとしては、帝国の最も由緒あるご一族の長の容態を描写するのにそのような言葉は使わぬが、まあ少なからず、いまおっしゃったような神経の興奮が見られるわけです」そう言って、カツレツをほおばった状態としては最大の溜息をついた。「わしのような職業は気の休まる暇がない、全く一時も……」

「そうでしょうね」

「ときどきは、ぞっとするようなことも目にせねばならん」サー・ロデリックは急に口をつぐんで、身体をびくっとふるわせた。「猫を飼っておいでか、ミスター・ウースター？」

「えっ？　何？　猫ですか？　とんでもない、猫なんて」

「この部屋か、ごく近くかで、はっきり猫の鳴き声を聞いたような気がするのだ」

「たぶん通りのタクシーか何かでしょう」

「意味が分からんが」

「そのう、タクシーがキーッというでしょう。猫に聞こえないこともない」

「似ていると思ったことはありませんな」取り付く島もない。

「レモン・スカッシュはいかがですか」会話はどんどん難しい方向に向かっているようだ。

「ありがとう。グラスに半分ほど」この変な飲み物で元気が出たらしく、少し愛想がよくなってきた。「わしはとりわけ猫がきらいでな。で、何の話だったか——そうそう、わしは周りで目にするものに悪寒を覚えることがある。仕事で出会うことばかりではない——それはそれで、極めて痛ましい例が多いが——わしの言うのは、ロンドンを歩いていて目にする出来事です。世界中の精神が平衡を失っておるんじゃないかと思う時さえある。たとえば、まさにこの朝だが、家から倶楽部に向かう途中、実に異様で不埒《ふらち》な事件が起こった。天気がいいものだから、わしは運転手に車の幌《ほろ》を開けさせ、座席にもたれて大いに日光を楽しんでおった。と、車が大通りの真ん中で止まってしまった。道路が詰まっておる。ロンドンの渋滞ぶりでは仕方ないが」

僕はぼんやりしていたらしい。サー・ロデリックが一息ついてレモン・スカッシュを飲んでいる間、演説か何かを聞いている気になって、合いの手を入れなければと思ったのだ。

ってておったが、そのとき、とんでもないことが起こった。帽子が頭から剝ぎ取られたのだ！　あわてて振り返ると、タクシーの中から手が出ていて、勝ち誇ったようにわしの帽子を振っておる。あれよあれよと言ううちにタクシーは車の間に隠れ、すぐ見えなくなってしまった」

「反対側から来た車も停止を命じられたが、すぐ進行を許された。わしは考え事にふけ

「何でもないです、何でも。で、その――」

「何のことかな？」

「異議なし！」

僕は笑わなかったが、あまりのおかしさに、肋骨が二本ばかり外れる音がはっきり聞こえた。

「もちろん、冗談のつもりだったんでしょうね」

僕の言葉はあまり慰めにならなかったようだ。

「わしも、ユーモアを解することでは人後に落ちぬつもりだ。しかし、あの蛮行には面白みの欠片《かけら》も感じられん。精神異常者のしわざであることは間違いない。精神障害というものは、あらゆる形で表われるのです。先ほどのラムファーライン公爵の場合は――ここだけの話だが――ご自分をカナリヤだと信じておられる。ロード・アラスターが心配しておられた今朝《けさ》の発作は、下男が不注意にも朝の角砂糖を持っていくのを忘れたのが原因なのだ。女性を襲って髪を切ったりする男も珍しくない。今朝わしを襲った男は、

後者の変形症状を抱えておるのだろう。手遅れにならないうちに、しかるべき監視を――ミスター・ウースター、そばに猫がおるぞ！　外じゃない！　すぐ隣で鳴き声がする」

今度は間違いないと認めざるをえなかった。ミャーミャーという声が、隣の部屋からはっきり聞こえて来たのだ。僕は呼び鈴をぶったたいてジーヴズを呼んだ。漂うように入ってきたジーヴズは、かたわらにうやうやしく直立した。

「お呼びでございますか？」

「ジーヴズ」僕は言った。「猫だ！　どういうことなんだ？　このマンションに猫がいるのか？」

「たったの三匹でございます。いつもどおり、あなたさまの寝室に」

「何だと！」

「寝室に猫が！」サー・ロデリックは愕然《がくぜん》とつぶやき、二本の視線が銃弾となって僕の身体を貫いた。

「どういう意味だ」と僕は訊いた。「ぼくの寝室にたったの三匹とは？」

「黒とトラ、それにちいちゃな黄色でございます」

「いったい――？」

僕はテーブルを回ってドアのほうへ飛び出した。まずいことに、サー・ロデリックも逃げようとして同じ方向へ走っていた。その結果、二人は恐ろしい勢いでぶつかり、もつれ合って廊下に倒れこんだ。サー・ロデリックは巧みな身のこなしでクリンチを外すと、傘立てのコウモリをひっつかんだ。

「寄るな！」そう叫んで、頭上で振り回した。「寄るな！　寄らば斬るぞ！」

気を鎮めてやらねばならない。

「ぶつかるなんて、誠に申し訳ありません」僕は言った。「そんなつもりではなかったんです。ただ、確かめてみようと飛び出してしまって」

少し落ち着いたらしく、サー・ロデリックは傘を下ろした。と、そのとき恐ろしい大騒乱が寝室で巻き起こった。ロンドンじゅうの猫が二派に分かれ、近郊からの援軍を得て、これまでの争いに一挙にかたをつけんものとおっ始めたような音だった。猫の一大オーケストラだ。

「この音はたまらん！」サー・ロデリックが叫んだ。「自分の声も聞こえん」

「わたくしが思いまするに」ジーヴズがうやうやしく言った。「猫どもが騒いでおりますのは、ミスター・ウースターのベッドの下で魚を見つけたためでございましょう」

親父さんはよろめいた。

「魚だと！　それともわしの聞き違いか？」

「何でございます？」

「ミスター・ウースターのベッドの下に魚がいると言ったのか？」

「さようでございます」

サー・ロデリックは一声低く唸り、帽子とステッキに手を伸ばした。

「まさかお帰りでは？」僕が訊いた。

「ミスター・ウースター、帰らせてもらおう！　こんな奇怪な場所には一時《いっとき》もおられん」

「困ったなあ。とにかく、そこまでごいっしょしましょう。これには深いわけが。ジーヴズ、ぼくの帽子」

ジーヴズが急いで持ってきた帽子を受け取ると、僕は突っかぶった。

「何だ、こりゃあ！」

たまげてしまった。体全体をすっぽり覆ってしまいそうな代物《しろもの》だ。頭のそばに持ってきたときも何だか余裕がありすぎる感じがしたが、いざかぶってみると、ロウソク消しみたいに耳まですっぽり覆ってしまったのだ。

「おい、これはぼくの帽子じゃないぞ！」

「わしの帽子だ！」いままで聞いたこともないような冷酷かつ陰険な声で、サー・ロデリックが言った。「けさ車で走っているときに盗《と》られた帽子だ」

「そんな――」

ナポレオンなんぞという天才ならこんな場合にも動じないのだろうが、事態は僕の手に余った。頭が真っ白になって、目だけぎょろついていた。親父さんは僕から帽子を奪い取り、ジーヴズに向き直った。

「おい、きみ。すまんが、ちょっとそこまで付き合ってくれんか。訊きたいことがある」

「かしこまりました」

「ちょっと、待ってくださいよ——！」僕は叫んだが、置いてけぼりにされた。サー・ロデリックはさっさと行ってしまい、ジーヴズが後に続いた。このとき寝室で戦闘が再開され、前にも増してものすごい音がした。

いいかげん嫌になってきた。寝室に猫の大群——どこか狂ってやしないか？　どうやって入り込んだのか見当もつかないが、僕の寝室で運動会などさせておくわけにはいかない。僕は心を決めてドアを開いた。一瞬、部屋の真ん中で百十五匹のあらゆるサイズと毛色の猫が取っ組み合いをやっているような気がした。次の瞬間、猫たちは僕の足元をかすめて、開いた玄関から一斉に飛び出して行った。動乱の後の絨毯にはとてつもなく大きな魚の頭が残されており、釈明と謝罪の文書をよこせとでも言いたげな厳《いか》めしい顔つきで僕を睨んでいた。

魚の表情にはぞっとするものがあったから、僕はそっと後ずさりをしてドアを閉めた。

そのとき、誰かにぶつかった。

「あっ、失礼！」男が言った。

あわてて振り返ると、あのピンク顔の男だった。ロード何とかという名前で、クロードとユースタスといっしょに会ったやつだ。

「あのう」男は恐縮しながら言った。「お邪魔して申し訳ありませんが、いま階段を逃げていった猫、ぼくのじゃありませんか？　どうも、そう見えたんですが」

「ぼくの寝室から飛び出していった？」

「それじゃあ、ぼくのだ」恐縮男は悲しそうに言った。「参ったなあ！」

「猫を寝室に入れたのはきみか？」

「あなたの従僕、名前は何といったかな、あの男です。親切にも、汽車が出るまでのあいだ置いてもいいと言ってくれたんです。でも、みんな逃げてしまった！　まあ、仕方がないか。じゃあ、帽子と魚だけもらっていきます」

　僕はだんだん腹が立ってきた。

「あの魚を入れたのもきみか？」

「いや、魚はユースタスのです。帽子はクロードの」

　僕は力なく椅子に座り込んだ。

「おい、説明してもらおうじゃないか」と僕が言うと、相手はちょっと驚いた顔をした。

「何ですって？　この件は何も知らないんですか？　ええっ！」男は真っ赤になった。

「そりゃあそうだ。知らないんだったら、これを見て驚くのも無理はない」

「驚くどころじゃないぜ！」

「みんな『追求者』倶楽部のためなんです」

『追求者』倶楽部？」

「オックスフォードの馬鹿騒ぎ会みたいなもんで、ぼくも、あなたの従弟二人といっしょに会員になりたいんです。で、会員になるためには何か盗んでこなければならない。お土産みたいなもんです。警官のヘルメットとかドアのノッカーとか、そういう類《たぐい》のもの。年次夕食会では戦利品をぜんぶ会場に飾り、めいめいが演説のようなものをやります。楽しいんだ、すごく！　ぼくらはちょっと気合を入れて格好よくやろうと思って、ロンドンに出たら何か風変わりなものがあるだろうと捜したんだ。はなからすごくツイていた。あなたの従弟のクロードはすれ違った車から極上のシルクハットをせしめたし、ユースタスはハロッズで鮭だか何だか見事な魚を失敬した。ぼくは猫を三匹捕まえた。これが全部、到着して一時間もたたないうちに手に入ったから、ぼくらの意気は大いに盛り上がったわけです。ところが、汽車の時間までどこに置いておくかという問題が出てきた。魚と猫をぶら下げてロンドンをのし歩いたら、そりゃあ目立ちますからね。そのときユースタスがあなたのことを思い出し、みんなでタクシーを飛ばしてここに来ました。あなたはいませんでしたが、従僕がいいよと言ってくれたんです。公園でお会いしたときは、とてもお急ぎの様子だったから説明するひまがなくて。じゃあ、せめて帽子だけでもいただいて帰ります」

「もうないよ」

「ない？」

「きみらが盗んだ男というのが、たまたま昼飯の客だったんだ。持って帰った」

「えっ、そんなあ！　クロードのやつ、がっかりするな。じゃあ、あの見事な鮭か何かは？」

「亡骸《なきがら》にお参りするかい？」

　男は残骸を見て力が失せたようだった。

「これで委員会は認めてくれるかなあ？」悲しげな声だった。「ほとんど何も残っていないですね」

「猫がみんな食べちゃったんだ」

　男は深い溜息をついた。

「猫もなし、魚もなし、帽子もなし。まったくの無駄骨じゃないか、ひどいなあ！　そのうえに——あの、すみませんが、十ポンド貸してもらうわけにはいきませんか？」

「十ポンド？　何のために？」

「そのう、実は、これから飛んで行ってクロードとユースタスを請け出さなきゃならないんです。逮捕されてるんだ」

「逮捕！」

「そう、帽子や魚をうまくせしめて意気が上がったうえに、昼飯のときにやりすぎたもんだから気が大きくなって、よせばいいのにトラックを盗もうとしたんです。もちろん、ばかげた話ですよ。オックスフォードまで持って帰る方法もなければ、委員会に持ち込むことだってできない。でも、二人は聞きやしない。運転手が文句を言ったんで、そのうち喧嘩が始まったんです。クロードとユースタスの二人は、ぼくが保釈金を持って駆けつけるまではヴァイン・ストリートの交番でうなだれてるっていうわけです。だから十ポンド——いやあ、ありがとう、ほんとに助かります。二人をあそこに置きっぱなしというわけにもいかないでしょう？　ほんとにいいやつらですからね。大学ではみんなに好かれている。すごい人気者なんだ」

「ま、そうだろうさ！」

とっちめてやろうと待ち構えているところに、ジーヴズが帰ってきた。言ってやることが山ほどある。

「で、どうした？」

「サー・ロデリックから、あなたさまの性癖や生活態度についていろいろとご質問がございました。わたくしは慎重にお答えしました」

「そんなのはどうでもいい。それより、どうして初めから言ってくれない？　おまえから聞いておけば、それなりの覚悟もできたのに」

「さようでございます」

「親父さんはぼくのことを狂人だと信じて帰っていったぞ」

「わたくしとのお話しぶりからしますと、そのような考えをお持ちだったとしても不自然ではございません」

　僕が言い返そうとしたときに、電話が鳴り、ジーヴズが出た。

「いえ、奥さま。ミスター・ウースターはいらっしゃいません。いえ、奥さま、いつお帰りになるか存じません。いえ、奥さま、書置きもございません。はい、奥さま、そのようにお伝えいたします」受話器を置いてジーヴズが言った。「ミセス・グレグソンでございます」

　アガサ叔母だ！　やっぱりそうだ。昼飯が目茶目茶になって以来、叔母の影が目のまえをちらついていたのだ。

「知ってたか？　もう？」

「お口ぶりからしますと、サー・ロデリックが電話をなさった模様で、それに――」

「婚礼の鐘は鳴らないと、そういうことだな？」

　ジーヴズは咳ばらいをした。

「ミセス・グレグソンはそこまではおっしゃいませんでしたが、そのような事態に立ち至ったものかと推察いたします。大変なご剣幕でございました」

　妙な話だが、僕はあの親父や猫や魚や帽子、ピンク顔の恐縮男なんぞに振り回されて、一件がもたらしたプラスの側面を見逃していたのだ。なんと、一挙に肩の荷が下りたような気がするじゃないか！　僕は安堵《あんど》の叫びを上げた。

「ジーヴズ！」僕が言った。「全部おまえが仕組んだな！」

「とおっしゃいますと？」

「最初から状況を操っていたという意味だ」

「実は、ミセス・グレグソンのお宅でみなさまが昼食をなさったとき、あそこの執事のスペンサーが図らずもお話の内容を漏れ聞き、いささかの事情をわたくしに伝えてくれました。差し出がましく聞こえるのは承知でございますが、わたくしは何かの事件が起こってご結婚がご破算にならないものかと願っておりました。あのお嬢さまはあなたさまにお似合いではいらっしゃらないかと存じます」

「それに彼女は、式の五分後にはおまえをクビにするつもりだったんだ」

「さようでございます。そのようなご意向を洩らしておいでだとスペンサーが言っておりました。ミセス・グレグソンのご伝言では、すぐお電話するようにとのことでございますが」

「ふうむ、そうか。どうする、ジーヴズ？」

「外国旅行などは愉快でよろしいんではございませんか」

僕は首を振った。「追っかけてくるぜ」

「うんと遠くへおいでになると安全でございます。毎週水曜日と土曜日、ニューヨーク行きの豪華客船が就航しております」

「ジーヴズ」僕は言った。「いつものことだが、おまえが正しい。切符を予約しろ」

（*The Pride of Wooster is Wounded/The Hero's Reward/*
Introducing Claude and Eustace/Sir Roderick Comes to Lunch, 1922)

ジーヴズと駆け出し俳優

その一　紹介状

齢《とし》を重ねるほどにつくづく思うんだが、世にある災難の半分がたの原因は、誰もが気軽に無分別に紹介状を書き、宛先の男に渡せというんで、もう一人の男に預けてしまうことにあるんじゃなかろうか。石器時代に住んでいたらと、つくづく残念に思うのがこういうときだ。そうだろう、あの時代の男が紹介状を書くとすれば、大きな石くれに字を刻むのに一ヶ月は必要だし、預かったほうでも、炎天下にそれを担《かつ》いでいくのだから最初の一マイルで放り出してしまうはずだ。ところが、最近では紹介状を書くのがいとも簡単になったものだから、誰もが後先の考えもなく書き、おかげで僕みたいな罪のない人間が大変な目に遭う羽目になる。

言っておくが、上記の感慨は、いわゆる悲惨な実体験の産物というやつだ。実を言えば、僕もことの始まりには……あれはだね、ジーヴズが入ってきて——そうそう、僕がアメリカに落ちのびて三週間ばかりもたっていたかな——とにかく、ジーヴズが言うには、シリル・バシントン＝バシントンなる男が到着して、アガサ叔母からの紹介状を持って来た……あれっ、何の話をしてたんだっけ？　そうそう……実を言えば、という話だったね。実は、僕も最初は喜んだ。イギリスを逃げ出すほかなくなったあの事件の後だから、叔母が書いて投函する手紙は、内容のあまりの過激さのためにすべて合衆国の検閲に引っかかるだろうと僕は思っていた。だから、無事到着した手紙を開けてみて、内容がおおむね真っ当だったのは嬉しい驚きだった。まあ、あちこちに小さなトゲが含まれてはいたが、全体としては丁寧で我慢できるものだった。僕はこの手紙を希望の徴候だと受け取った。オリーヴの小枝というわけだ。それとも、こういうときはオレンジの小枝と言うんだっけ？　僕が言いたいのは、アガサ叔母が罵詈雑言《ばりぞうごん》のない手紙を書いた以上、講和への道も見えてきたということだ。

僕は全面講和大賛成、しかも即時講和派だ。ニューヨークが嫌だと言っているんじゃない。ここは好きだし、すごく楽しくやっている。でも、生まれてこの方ロンドンに慣れきっているのだから、この知らない土地でちょっとはホームシックにもなろうというものだ。バークリー・ストリートの気楽なマンションに早く戻りたいのだが、そのためにはアガサ叔母が熱を冷まし、グロソップ一件の衝撃から快復しなくてはだめだ。ロンドンが狭くない街なのは分かっているが、手斧片手のアガサ叔母に追っかけられたら、広さはその倍あっても足りない。だから僕は、このバシントン＝バシントンなる男が現われたとき、平和の鳩だと思って喜んだのだ。

目撃者情報によれば、彼は朝の七時四十五分に飛び込んできたらしいが、客船会社も恐ろしい時間に客をニューヨークに放り出すものだ。そのときには、三時間ほどして来るようにとジーヴズから丁重に門前払いを食わされた。その時刻になれば、僕も歓喜の叫びとともに跳ね起きて新しい一日の到来を愛《め》でている可能性が大いにあったからだ。ジーヴズがそうしてくれたのは、俠気《おとこぎ》あることだと言わねばならない。なぜならちょうどこのころ、ジーヴズと僕の関係はいささか疎遠というか冷淡というか、早い話が一悶着《ひともんちゃく》あったのだ——というのも、僕がじつに見事な藤色の靴下を履こうとするのに、やつが反対したからだが。ジーヴズほどの男でなければ、このときとばかり、一番の友達とだって二分とは話をしたくない時間にシリルを僕の部屋に送り込んだはずだ。朝の紅茶を味わい、誰にも邪魔されることなく人生に思いを致した後でなければ、僕は楽しく会話ができる男ではない。

ということで、男らしくもジーヴズはシリルをぴりりとした朝の空気の中に放り出し、僕のところに中国のボヘア紅茶といっしょに名刺を持ってくるまで、やつが来たのを知らせなかった。

「いったい何だろうな、ジーヴズ？」僕はかすんだ目で名刺を眺めた。

「イギリスからお着きになったばかりと存じます。朝早く訪ねてみえました」

「何だって！　一日はいまより早く始まるのか？」

「後ほどまた来るとお伝えするようにとのことでございました」

「聞いたことのない名前だ。おまえは聞いたことがあるか、ジーヴズ？」

「バシントン＝バシントンというお名前は存じております。三つのバシントン＝バシントン家に分かれておりまして――シュロップシャーのバシントン＝バシントン、ハンプシャーのバシントン＝バシントン、それにケントのバシントン＝バシントンでございます」

「イギリスもずいぶんバシントン＝バシントンを貯《た》めこんだもんだ」

「さようでございますね」

「急に品薄になる恐れはなさそうだな？」

「はい、おそらくは」

「ところでこの男、どんなやつだった？」

「短時間でございましたので、分かりかねます」

「どうだジーヴズ、ここで一丁、おまえの見た目で判断して、この男が悪党や糞野郎でないかどうか、一・五倍でどうだ？」

「ご遠慮申し上げます。そんな分《ぶ》の悪い賭け率《オッズ》には乗れません」

「ははあ。すると、残るはやつがどんな悪党かということになるな」

「時がたてば判明するものと。紹介のお手紙をお持ちです」

「ふうむ」僕は手紙を手にとった。筆跡ですぐ分かった。「おい、ジーヴズ、こいつはアガサ叔母からだぞ！」

「さようで？」

「そう簡単に片付けるなよ。この意味が分からないのか？　この野郎がニューヨークにいる間、面倒を見てほしいと叔母は言っている。どうだ、ジーヴズ。ちょっとばかり本気でもてなしてやれば、こいつは好意的な報告を大本営に送る。競馬のグッドウッド・カップまでにはイギリスに帰れるかもしれんじゃないか。いまこそわが派遣軍の救出帰還に全力を注ぐべきときだぞ、ジーヴズ。態勢を立て直して、この男をたっぷり可愛がってやらねばならん」

「かしこまりました」

「ニューヨークには、長くはいないようだ」も一度読み返して僕が言った。「ワシントンに行ってお偉方めぐりとしゃれこむらしい。外務省に入る下準備だ。昼飯一度、晩飯二度ぐらい豪華にやっつけたら、こいつの尊敬と親愛を勝ち得られるんじゃないかな？」

「ちょうどそのぐらいがよろしいかと」

「イギリスを発《た》ってからいちばん嬉しい出来事だ。雲間から太陽がのぞいたようなもんだぞ」

「さようでございますね」

ジーヴズは僕の着る物を並べはじめたが、なにやら気まずい様子で口をつぐんでしまった。

「その靴下じゃない」僕は一瞬ひるんだが、勇気をふりしぼってさりげない声で言った。

「藤色のをくれ」

「何でございます？」

「藤色のやつだ」

「かしこまりました」

菜食主義者がサラダから青虫をつまみ出すような手つきで、ジーヴズは引出しから靴下を取り出した。心がひどく痛んでいるのは一目瞭然だ。僕の心も痛んだが、男たるもの、たまには自己主張もしなければならない。そうだとも。


朝食のあと、ずっとシリルが現われるのを待ったが、現われない。一時近くになり、僕はこちらへ来てから友達になった男にウースター一族の気前よさを見せてやる約束でラムズ倶楽部《クラブ》に出かけた。相手はジョージ・キャフィンといって、舞台の台本なんかを書いてる男だ。ニューヨークは陽気な若い男たちで溢れかえっていて、僕はそういう連中とたくさん友達になった。みんな、見知らぬ僕を両手を広げて迎えてくれた。

新作のミュージカル『パパが知ってる』のリハーサルに付き合っていたとのことで、キャフィンは少し遅れてきた。僕らはすぐ食事にかかった。コーヒーのころになってウエイターがやってきて、ジーヴズが会いにきていると伝えた。

控えの間にいたジーヴズは、入ってきた僕の靴下を見て眉をひそめ、視線をそらした。

「ミスター・バシントン＝バシントンから、つい先ほどお電話がございました」

「ほう?」

「はあ」

「どこにいるんだ?」

「留置場でございます」

僕は思わず脇の壁紙に寄りかかった。アガサ叔母のお気に入りが僕の保護下に入ったと思ったら、一日目からこれだ!

「留置場!」

「はい。逮捕されて留置場にいるので、保釈の手続きを取りにきてくれるとありがたいとのお電話でした」

「逮捕! なんで?」

「そこまではおっしゃっていただけませんでした」

「こいつは参るな、ジーヴズ」

「は、まことに」

ジョージを呼ぶと、親切にもいっしょに行ってくれるというので、僕らはタクシーに飛び乗った。警察署で控え室とおぼしき部屋の固い長椅子に座って待っていると、シリルを連れた警官が入ってきた。

「やあ! やあ! どうも!」僕は言った。「どんな具合?」

僕の経験から言うと、監獄から出てきたばかりの男は最高の状態にあるとは言いがたい。オックスフォードにいたころ、ボートレースの夜に必ず逮捕される男がいて、そいつを請《う》け出すのが僕の定職みたいだったことがあるが、そいつはいつも、畑から引っこ抜いてきたばかりの大根みたいな格好になっていた。シリルも全く同じだった。目の周りは黒く、襟は破れ、イギリスにいる連中に知らせてやるには——とりわけアガサ叔母に知らせてやるには——忍びない姿だった。ひょろひょろと痩せて背が高く、薄い色の髪がもしゃもしゃ生えて薄青い眼が飛び出している。なにやら珍種の魚を見る思いがした。

「伝言を聞いて来たんです」

「えっ、きみがバーティ・ウースター？」

「そう、ご本人。これは友達のジョージ・キャフィン。舞台の台本なんかを書いてる」

三人はそれぞれ握手を交わし、かたわらの警官は、飢饉《ききん》に備えて椅子の裏側にくっつけておいたチューインガムを引っぱがして口に放り込むと、瞑想にふけりはじめた。

「ここはひどい国だ」シリルが言った。

「うーん、そうかなあ？」と僕。

「ぼくら、最善を尽くしてるんだけどね」ジョージが言った。

「ジョージはアメリカ人なんだ」僕が説明した。「芝居の脚本を書いてる」

「もちろん、アメリカという国を発明したのはぼくじゃない」ジョージが言った。「それはコロンブス。でも、改善すべきところがあったら喜んで聞くし、しかるべき方面に知らせようじゃないか」

「そうか。じゃあ、ニューヨークの警官はなぜちゃんとした服装をしない？」

ジョージはチューインガムを噛んでいる警官を横目で見た。

「何も変なところはないが」

「ぼくが言うのはだな、なぜロンドンの警官みたいにヘルメットをかぶらん？　なんで郵便配達みたいな格好をしているんだ。実に紛らわしい。ぼくが舗道に立ってあたりを見ていると、郵便配達みたいなやつが棒でわき腹を突つくんだ。郵便配達に突つかれるいわれはない。郵便配達にわき腹をこづかせるために三千マイルもやって来る馬鹿がいるかい？」

「ごもっとも」ジョージが言った。「で、何をやった？」

「突き飛ばしてやったよ。ぼくは凄く気が短い。バシントン＝バシントン一族が全員そろって恐ろしく気が短いのは、誰でも知ってるはずだ！　なのに、やつはぼくの目に一発喰らわせて、このいまいましい場所にしょっ引いて来た」

「ぼくが話をつけてやる」シリルの話し相手にはジョージを残し、僕は札束を取り出しながら交渉に向かった。正直、かなり心が騒いでいた。眉間《みけん》にしわができ、ある種の予感がした。この男がニューヨークにいるかぎり責任は僕にあるのだが、まともな男が三分間以上の責任を引きうけたくなるような奴にはとても見えない。

その夜、ジーヴズが寝酒のウィスキーを持ってきたとき、僕はシリルの事を深く思い悩んでいた。この男のアメリカ初訪問はきっと周りの神経をすり減らすだろうという気がしてならないのだ。僕はアガサ叔母の紹介状を引っぱり出して再度読んでみたが、彼女はなぜかこの男にすっかり入れ込んでいて、シリルがこちらにいるかぎり、命の盾となってやるのが僕の使命であると決めこんでいる様子だ。やつがジョージ・キャフィンをすっかり気に入ってくれたのは助かった。ジョージはまともな人間だ。僕が豚箱から出してやると、シリルはジョージと兄弟みたいに仲良く『パパが知ってる』の午後のリハーサルを観に出かけた。晩飯もいっしょに食うとか言っていたようだ。ジョージの目が届いている間は僕も安心だった。

ちょうどこんなことを考えているところに、ジーヴズが電報を持って入ってきた。正確に言えば、電報ではなく、イギリスからの海底電信だ――アガサ叔母からで、内容は……

シリル・バシントン＝バシントンツイタカ？　イカナルバアイモ、エンゲキカンケイシャニショウカイスルナ。ゼッタイマモレ。イサイハテガミニテ。

僕は繰り返し二度ほど読んだ。

「妙だな、ジーヴズ！」

「は」

「とても妙だし、ひどく気になるぞ！」

「今晩、他にご用はございますか？」

ジーヴズがここまでにべもない態度に出るのなら、もちろん、手の打ちようはない。僕としては電信を見せて意見を聞きたかった。しかし向こうが藤色の靴下の件をそこまで根に持っているのなら、下手《したで》に出てウースター一族の誇りを傷つけることはぜったいできない。僕は下手には出なかった。

「何もない、もういい」

「おやすみなさいませ」

「おやすみ」

ジーヴズは漂い去り、僕は再び考えこんだ。あるだけの知恵を絞って三十分もたったとき、ドアのベルが鳴った。開けると、浮き浮きした顔つきのシリルが立っていた。

「ちょっとのぞきに来たんだが、いいかい？　凄い話があるんだ」

シリルはわきをすり抜けて居間へ向かい、僕がドアを閉めて後から入ってみると、やつはアガサ叔母の電信を読みながらくすくす笑っていた。「ほんとは見ちゃいけないんだろうが、ぼくの名前が目にとまったもんだから思わず読んでしまった。なあ、ウースター、わが友よ、こいつは傑作だぞ。一杯もらっていいかな？　いや、ありがとう。そう、ぼくがきみに報告に来た話といっしょに考えると、こいつは実に傑作だよ。あのいい男のキャフィンが『パパが知ってる』の小さな役をぼくにくれたんだ。ほんのちょい役なんだが、見せ場はある。凄く愉快だ、分かるだろう！」

シリルはウィスキーを飲みながら話を続けた。僕が感激して喜びの声を上げて跳ね回っていないことには気づいていない様子だ。

「な、ぼくはずっと舞台に上がりたかったんだ。ただ、親父がどうしても許してくれなくてね。この話題が出ると地団太踏んで、紫色に変色するんだ。実は、ぼくがこっちに来たほんとの理由はそれさ。ロンドンで舞台に上がってみろ、誰かが親父にご注進といかないわけがない。だから知恵を働かせて、ワシントンで見聞を広めるとか言ってアメリカに来たんだ。こっちでは邪魔するやつはいない、堂々とやれる！」

僕はこのいかれ男の説得にかかった。

「でも、親父さんだっていずれ知らずにはいるまい」

「いいんだ。そのころにはぼくも年季の入った役者になっているから、親父もそこまで踏ん張れる足はないさ」

「ぼくが見るに、一本の足で立って、もう一本でぼくを蹴飛ばすね」

「どうして、きみがそこで出てくる？　きみに何の関係がある？」

「ジョージ・キャフィンに紹介したのはぼくだぜ」

「そう、そうだった。きみだ。すっかり忘れていた。きみには感謝しないといけなかった。じゃあ、これで失礼するよ。明日は早くから『パパが知ってる』のリハーサルがあるから、ちゃんと行かなきゃ。『パパが知ってる』なんて変な題名だね。ぼくの場合とは正反対だ、あっはっは！　意味分かる？　分かるな。じゃあ、バイバイ！」

「うん、じゃあ」哀しい声で僕が言うと、シリルは去って行った。僕は電話に飛びついてジョージ・キャフィンを呼び出した。

「おい、ジョージ、シリル・バシントン＝バシントンの件、いったいあれは何だ？」

「彼の何の件？」

「きみから舞台の役をもらったと言ってる」

「あ、そのことか。ほんの台詞《せりふ》二、三行だよ」

「それがだな、イギリスから火のような電信が来て、いかなる事情があろうともぜったい舞台には上げるなというんだ」

「そりゃあ、すまんことをした。でも、シリルはあの役にぴったりなんだ。地で行けばいい」

「ぼくが困るんだ、ジョージ。アガサ叔母はぼく宛の紹介状を持たせてあいつをよこしたんだから、ぼくの責任になる」

「遺言状からきみの名を消すとか？」

「金の問題じゃない。実は——そうだ、きみはぼくのアガサ叔母に会ったことがなかったな。となると、説明が難しい。とにかくあれは、人間の形をした吸血蝙蝠《こうもり》だ。ぼくがイギリスに帰ったら、こっちが朝飯も食わないうちからがなりこんでくるような女なんだぜ」

「じゃあ、イギリスに帰るな。こっちで大統領になったらいいじゃないか」

「でも、ジョージ、頼むから――」

「おやすみ！」

「おい、待ってくれよ、ジョージ！」

「ぼくが言ったことを聞いてないな。『おやすみ』って言ったんだぜ。きみら怠惰《たいだ》な金持ちは眠らなくてもいいかもしれんが、こっちはしゃきっと目覚めなきゃならない。じゃあ、幸運を祈る！」

この世に僕の友達はいないのか？　完全に動転していた僕は、ジーヴズの部屋に行ってドアを叩いた。いつもはこんなことをする僕じゃないが、いまは味方が救助にはせ参じるべきとき――たとえジーヴズの快眠が邪魔されるとしても、若主人の助けにおもむくべきときだと思ったのだ。

ジーヴズは茶色のガウンを着て現われた。

「はい？」

「まことに申し訳ない。起こしてすまん、ジーヴズ。だが、大変なことが次から次に起こるもんだから」

「眠ってはおりませんでした。仕事を終えたあとは、ためになる本をしばらく読むことにしております」

「それはよかった！　つまりだ、脳味噌の訓練をしていたのなら、いまごろちょうど物事の解決に程よい状態になってるだろう。ジーヴズ、ミスター・バシントン＝バシントンが舞台に上がるというんだ！」

「さようで？」

「ああ、じれったい！　分かってないな！　いいか、問題はこれだ。一族全員、シリルが舞台に上がるのを断乎《だんこ》拒否している。やめさせなければ、どえらい面倒になるぞ。いっそう困るのは、アガサ叔母さんにぼくが責められることだ」

「はあ」

「やめさせる方法を何か考えつかないのか？」

「つきません。正直言いまして、いまのところは」

「そうか、とにかく考えてみてくれ」

「本件につきましては最善の考慮を払うつもりでございます。今夜は、他に何か？」

「他にあってたまるか！　これでも手いっぱいだ」

「結構でございます」

ジーヴズは姿を消した。

その二　エレベーター・ボーイの瞠目すべき装い

ジョージがシリルに振った役というのはタイプ用紙で二ページほどしかなかったが、このとんちんかん男は何を勘違いしたのか、ハムレットの役をもらったような熱のいれようだった。台詞を読んでくれたかだって？　二日間のあいだに十二回も聞かされたさ。シリルは僕がこの一件に諸手《もろて》を上げて賛成だと思い込み、暖かい支援をあてにできると考えたらしい。アガサ叔母がどう思うだろうかと怯える一方、シリルからは役について、ちょっと思いついたがどう思うかと二日に一度は真夜中にたたき起こされたりして、僕は抜け殻みたいになっていた。そのあいだ、ジーヴズは一貫して藤色の靴下の件で僕と冷めた距離を保っていた。こういう事態こそが人間を老《ふ》けこませ、若々しい「生の喜び」を膝元からぐらつかせるのだ。

あれやこれやの最中に、アガサ叔母からの手紙が到着した。最初の六ページを費やして、シリルが舞台に上がることやその他もろもろに対する親父さんの反対の正当性を延々と説《と》き、あとの六ページを費やして、もし僕がシリルの滞米中に彼を邪悪な誘惑から守れなかった場合は、僕のことをどう思い、どう言い、どう処置するつもりかが詳述してあった。手紙は午後の配達だったが、もはや事態が僕だけで抱え込んでいられる性格のものでないのは明白だった。僕は呼び鈴すら鳴らさなかった。ジーヴズの名を呼びながらキッチンに駆け込むと、中では盛大なお茶のパーティでもやっているらしかった。テーブルに座っているのは憂鬱そうな表情の従者然とした男と、ノーフォーク・スーツ姿の男の子だった。従者のような男はウィスキー・ソーダを飲んでおり、子供はジャムケーキをやたらめっぽう口に押し込んでいた。

「おや、ジーヴズ！　楽しからずやの最中を邪魔して申し訳ないが、実は——」

いきなり、子供の視線が僕を銃弾のように貫いたので、僕は思わず黙り込んだ。冷たく、ねっとりした、非難するような目つき——ネクタイが曲がってやしないかと思わず首に手を上げさせるような目つきだ。ごみためから猫が拾ってきた魚の頭でも見るような目つきだ。そばかすだらけの顔じゅうにジャムをくっつけた、ずんぐりむっくりの子供だった。

「やあ！　やあ！　これは、これは！」僕が言った。「どうだい？」他に言うことを思いつかない。

子供はジャム越しに陰険な表情で僕を見た。実は一目惚れの表情だったのかもしれないが、その顔つきは、どう見てもこいつは大した人間じゃない、付き合ってやっても改良の余地はないと思っているようだった。僕に対しては、冷えたチーズトースト程度の愛着しか持っていないようだ。

「名前は？」子供が言った。

「名前? まあ、その、ウースターって言うんだよ」

「ぼくの父ちゃんのほうが金持ちだ！」

僕に関するかぎり、それでおしまいのようだった。言いたいことだけ言って、再びジャムにむしゃぶりついた。僕はジーヴズのほうを見た。

「なあ、ジーヴズ、ちょっと時間を割いてくれるか？　見てほしいものがある」

「かしこまりました」ジーヴズは居間までついてきた。

「おまえの小さな友達、ありゃ誰だい？　あの栄養優良児は？」

「あの若紳士のことでございますか？」

「敬語の使いすぎという気もするが。まあ、あれのことだ」

「あのお子さまへのご馳走、身勝手がすぎていないことを願っております」

「そんなことはない。楽しい午後をというのなら、やってくれ」

「若紳士とは、お父上の従僕を連れて散歩しておられるところにお会いしました。従僕とはロンドンで大変懇意にしておりましたので、若さまともどもこちらに誘ってしまいました」

「そうか、でもそっちはもういい。この手紙を読んでくれ」

ジーヴズはざっと目を通した。

「ご心配でございますね！」それだけだった。

「で、どうする？」

「時が解決してくれるものかと」

「してくれない場合もあるだろう？」

「はあ」

そこで、ドアの鈴が鳴った。ジーヴズは流れるようにドアに向かい、喜びと活気に満ちた様子のシリルが入ってきた。

「なあ、ウースター、聞いてくれ。意見が聞きたいんだ。ぼくの役は知ってるよな。衣装をどうしよう？　第一幕はホテルみたいなところで、時間は午後三時ごろ。何を着たらいいと思う？」

やつの衣装など考える気にもならない。

「ジーヴズに相談したらいいだろう」

「うん、そいつはすばらしいアイディアだ。どこにいる？」

「キッチンに戻ったんじゃないか」

「呼び鈴を押そう、いいかい？　いい？　だめ？」

「いいよ！」

ジーヴズがすっと入ってきた。

「なあ、ジーヴズ」シリルが言った。「二言三言話したいんだ。実はこうい——おやっ、この子は誰？」

　そこで僕は、太っちょの子供がジーヴズの後から忍び込んできたのに気がついた。ドア近くに立って、一番怖れていたことが現実になったとでもいうような表情でシリルを見ている。しばらく沈黙が流れた。子供はそこに立ったまま三十秒ほどもシリルを眺め回し、ついに裁決を下した。

「魚顔《さかながお》！」

「えっ、何だって？」シリルが言った。

　物事は正直に言いなさいと母親の膝で教えられたおかげだろう、子供は意味をより明確にした。

「あんたの顔、魚に似てる！」

　非難よりも憐憫《れんびん》に値するというようなその口調に、僕は正直のところ、なかなかできた子供じゃないかと思った。僕もシリルの顔を見るたびに、こんな顔になったのも元はといえば本人の責任だと感じていたのだ。急に、子供に対して親愛の情が湧いてきた。そのとおりじゃないか。気のきいた言い回しのできる子だ。

　シリルが事態を理解するのに少し時間がかかったが、バシントン＝バシントンの血が煮えたぎる音がまもなく聞こえてきた。

「おい、何だと！」彼は言った。「こいつ、何ということを！」

「ぼく、そんな顔になりたくないな」真顔で子供は続けた。「百万ドルもらったって」

しばらく考えて言い直した。「二百万ドルもらったって！」

それから何が起こったか正確に描写することはできないが、数分間は極めて活劇的だった。シリルのほうから子供に飛びかかったようだ。とにかく、空気は腕や足やその他で充満していた。何かが僕のベストの第三ボタンあたりに命中し、僕は長椅子の上に倒れこんで、しばらくは周囲に関心を失った。常態に戻ったときには、ジーヴズと子供はいなくなっており、シリルだけが部屋の真ん中に突っ立ってぜいぜい息をついていた。

「あのとんでもないがきは誰だ、ウースター？」

「知らない。今日初めて会った」

「逃げ出すまえに、二発ばかり効き目のあるやつを喰らわせてやった。だがな、ウースター、あいつは妙なことを言ったぞ。ぼくのことを——その——ああいうふうに言ったのは、ジーヴズが一ドルやると約束したからだとわめいたんだ」

僕には信じられない話だ。

「ジーヴズが何のためにそんなことをする？」

「だから妙だと言ったんだ」

「何の意味がある？」

「それがぼくにも分からん」

「きみがどんな顔をしてようと、ジーヴズには関係ないよなあ」

「そうだとも！」シリルが言った。少しぶすっとしているように聞こえたが、なぜかは分からない。「じゃあ、行くぜ。それじゃな！」

「バイバイ！」

　小競り合い事件から一週間ほどたったころ、ジョージ・キャフィンから電話で、通し稽古を見にこないかと言ってきた。『パパが知ってる』は次の月曜にスケネクタディの町で初日を迎えるらしく、これは予備の仕上がり稽古みたいだった。シリルによれば、しっちゃかめっちゃかで深夜まで続くという点では普通の仕上がり稽古と同じだが、今回がよりエキサイティングなのは、通しの時間を切らないでやるので、かってに盛り上がる歌い手たちと遠慮なく飛びから野次が相まって、誰もが存分に楽しめるからだという。

　八時に開始予定とのことだったから、始まるまで長く待たなくてすむよう、僕は十時十五分に出かけていった。衣装をつけた舞台はまだ進行中だった。ジョージは舞台の上で、つるっ禿《ぱげ》で大きな眼鏡をかけたシャツ姿の真ん丸い男と話していた。ジョージがこの男と倶楽部でいっしょにいるのを僕も一、二度見かけたので、支配人のブルーメンフィールドという男だと知っていた。僕はジョージに手を振ると、後ろのほうの座席に滑り込んだ。騒動が始まっても巻き込まれないためだ。しばらくしてジョージが舞台から飛び降りてきてそばに座り、さらにややあって幕が下りた。ピアノの男が合図の一、二小節を叩くと、幕が再び上がった。

『パパが知ってる』の筋をはっきり思い出すことはできないが、シリルの助けなど借りなくてもちゃんとやっていけそうな芝居だったのだけは覚えている。最初のうち、僕はいささか面食らった。というのも、シリルのことを心配したり、台詞回しを拝聴したり、この芝居でやるべきこと、やるべきでないことなどを山ほど聞かされたりするうちに、シリルこそは劇の屋台骨であり、あとの連中はシリルが引っ込んでいるあいだ舞台をうろちょろする程度だという印象を持つに至っていたのだ。シリルの登場を待ってかれこれ三十分もたったころ、はっと気がつくと、やつは最初から舞台に出ているではないか。奇妙な外見の与太者といった姿で下手の袖から一メートルばかりのところに置かれたシュロの鉢植えに寄りかかり、ヒロインが愛は何とかでかんとかのようだと歌っている後から、切れ者らしい様子を見せようと頑張っている。二度目のリフレインが終わると、シリルは同じようないかがわしい連中十人ばかりと踊りはじめた。僕の胸は痛んだ。アガサ叔母が手斧に手を伸ばし、親父のバシントン＝バシントンが鋲底《びょうぞこ》の戦闘靴に履き替える姿がちらついて仕方がない。ああ、恐ろしや！

　ダンスが終わり、シリルと仲間たちが袖へと引き上げたそのとき、向かって右の暗闇から声がした。

「父ちゃん！」

　ブルーメンフィールドの親父が大きく手を鳴らしたので、次の歌をがなり立てようとしていた主演男優は口ごもった。暗闇を透かして見ると、誰あろう、ジーヴズの友達のそばかす小僧じゃないか！　子供はポケットに両手を突っ込み、我が物顔で中央通路を歩いていった。畏敬の雰囲気が劇場全体に流れたようだ。

「父ちゃん」小僧が言った。「あのナンバーはだめだ」ブルーメンフィールドの親父が振り返って、にっこりした。

「気に入らないかい、坊や？」

「頭が痛くなる」

「そのとおりだ」

「ここはもっと元気のあるのがほしいな。活《い》きのいいやつ！」

「そのとおりだな、坊や。メモしとこう。よし、続けろ！」

ジョージを見ると、うんざりした様子でぶつくさ言っていた。

「おい、ジョージ、あの子は誰なんだ？」

お手上げといった様子のジョージは、半分上の空でうめいた。

「あいつがもぐり込んでるとは知らなかった！　ブルーメンフィールドのせがれだ。こりゃあ、ひどいことになるぞ！」

「いつもあの子が仕切るのか？」

「そう、いつも！」

「でも、なぜ親父が聞き入れる？」

「誰にも分からんみたいだ。単なる親父のひいき目かもしれない。劇場の守護天使みたいに思っているのかもしれない。ま、ぼくが見るところはこうだ——あの子こそが平均的な観客と同じ感性を持っているんだな、あの親父は。あの子が気に入ればば大衆に大受け、気に入らなければ大外れというわけさ。あのがきは蛆虫《うじむし》だ、害虫だ、毒虫だ。首を締めてやりたい！」

リハーサルは続いた。男の主役が演技を中断した。舞台監督と、天井から声が聞こえてくるビルという男との間で、アンバー色のライトはどうしたこうしたと怒鳴り合いが起きたのだ。それから演技が進行し、ついにシリルの大一番がやってきた。

話の筋は依然としてはっきりしなかったが、どうやらシリルは、何かの用でアメリカにやってきたイギリスの貴族らしかった。いまのところ、まだ二つの台詞しかしゃべっていない。ひとつは「へえ、そう」であり、もひとつが「そうとも」だった。しかし、さんざん練習に付き合わされていた僕は、そろそろ舞台中央に進み出てくる時分だと思っていた。そこで椅子に沈み込み、シリルの華々しい出を待った。

五分ほどして、ついに出てきた。そのころには、舞台まわりは一触即発の雰囲気だった。天井の声と舞台監督がまた一悶着《ひともんちやく》起こした——今度は、青色がなぜ効果を出せないとかなんとかいうのだ。それが終わったとたん、窓枠から落ちた花瓶が危うく主演男優の頭を直撃しそうになって、さらに口論が起こった。あたりが相当熱くなってきたそのときに、それまで舞台の後ろのほうでかすんでいたシリルがすっと中央に出てきて、自分の見せ場にスタンバイした。主人公の女が何か言っており——何かは忘れてしまった——シリルを先頭にコーラス全員、歌が始まる直前の、おなじみのいそいそした様子で出てきて、彼女を取り囲むわけだ。

シリルの最初の台詞は「おいおい、それを言っちゃあおしまいだよ！」だったが、その発声はまずまずの力強さとムードで行われたように聞こえた。ところが、女主人公が歌い返そうとするまえに、われらが幼いあばた面が抗議を申し立てたのだ。

「父ちゃん！」

「何だい、坊や？」

「あいつ、よくない！」

「どいつだい、坊や？」

「あの魚みたいな顔」

「でも、みんな魚みたいな顔だよ、坊や」

子供は、その意見にも一理あると思ったようだった。そこで、より正確に言った。

「どの不細工な魚？　あれか？」ブルーメンフィールドの親父はシリルを指差して言った。

「不細工な魚」

「そう！　あれは最低！」

「父さんもそう思ったよ」

「いけ好かないやつ！」

「坊やの言うとおり。さっきからそう思ってたよ」

この会話の進行中、シリルは口をあんぐり開けてあえいでいた。それから、フットライトの真ん前まで出てきた。後ろの席からでさえ、侮辱の言葉がバシントン＝バシントン一族のプライドを直撃したのは見て取れた。まず耳が赤くなり、次に鼻、それから頬へと広がっていって、ものの十五秒もすると、トマトの缶詰工場が夕陽の中で爆発したような具合になった。

「いったいどういう意味だ？」

「どういう意味だとは、どういう意味だ？」親父のブルーメンフィールドが怒鳴った。

「フットライトの向こうの人間が無駄口をたたくな！」

「いま降りていって、そのくそがきの尻を引っぱたいてやるからそう思え！」

「何だと！」

「そう思え！」

親父のブルーメンフィールドは、空気を入れすぎたタイヤみたいに膨れ上がった、これ以上丸くなりようがないくらいだった。

「いいか、きさま——名前も知らんが——」

「名前はバシントン＝バシントン、誉《ほま》れあるバシントン＝バシントン一族の者だ——そのバシントン＝バシントンとして、こんな侮辱は——！」

親父のブルーメンフィールドは手際よくまとまった言葉で、バシントン＝バシントン一族に対する所感および侮辱の上塗りを披露した。一座の全員が、その発言を聞き逃すまいと寄ってきた。舞台の袖から顔を出す者、シュロの木の陰から身を乗り出す者が見える。

「父ちゃんの言うことを聞けよ！」シリルに向かって咎《とが》めるように頭を振り立てながら、ずんぐり息子が言った。

「黙れ、生意気ながき、が！」シリルが口から泡を飛ばした。

「いま、何と言った？」親父のブルーメンフィールドが吼《ほ》えた。「おれの息子だと知っているのか？」

「知ってるさ」シリルが言い返した。「見下げ果てた親子だ！」

「きさまはクビだ！」親父のブルーメンフィールドがわめいた。驚いたことに、さらに一回りふくらんでいる。「おれの劇場から出て行け！」

翌日の九時半ごろ、僕がウーロン茶で腹の中をすっきりさせたころ、ジーヴズがするりと入ってきて、シリルが居間で待っていると伝えた。

「どんな様子だ？」

「何でございます？」

「ミスター・バシントン＝バシントンの顔つきはどうだ、と訊いている」

「わたくし、ご友人のお顔つきを批判する立場にございませんので」

「そういう意味じゃない。腹を立てているとか、そんな様子か？」

「そうでもございません。落ち着いていらっしゃいます」

「変だな！」

「は？」

「いや、何でもない。通してくれ」

正直言うと、昨夜の喧嘩の名残《なごり》をもう少しとどめているものと思っていたのだ。すりきれた魂とささくれ立った神経みたいなものを期待していた。ところがシリルはいたって正常で、すっきりしている。

「よう、ウースター！」

「おう、おはよう！」

「ちょっと、さよならを言いにきた」

「さよならだって？」

「うん、一時間ほどでワシントンに発つ」彼はベッドに腰を下ろした。「なあ、ウースター。ずっと考えていたんだが、ぼくが舞台に立ったりするのはやっぱり親父に悪いよな。どう思う？」

「気持ちは分かる」

「親父はぼくの経験や見識を広めるつもりでこちらによこしたんだから、それを裏切って舞台に立ったりしたらちょっと気にさわると思うんだ。きみには分からんだろうが、良心の問題というやつだ」

「きみが抜けると、あの劇全体がだめになったりしないのかい？」

「あ、それはだいじょうぶ。ブルーメンフィールドのおっさんにすべてを話したら、ぼくの立場を了解してくれた。もちろん、ぼくを手放すのは痛手さ――いったいどうやって穴を埋めたらいいかと嘆いていたよ――でも、やつが困るにせよ、やっぱりぼくが役を降りるのはいいことだと思うんだが、どうだい？」

「そりゃあ、そうさ」

「きみも賛成してくれると思ったよ。じゃあ、そろそろ行かなきゃ。きみと知り合えてよかったし、いろいろ感謝もしてる。じゃあな！」

「バイバイ！」

よくもまあ、無邪気な子供みたいにみはった目に澄んだ青色をたたえながら、しゃあしゃあとあんな嘘が言えたものだ。僕はベルを鳴らしてジーヴズを呼んだ。昨夜から脳細胞を絞って考えたあげく、いろんなことが見えてきたような気がしていたのだ。

「ジーヴズ！」

「は」

「おまえがあのパイ面《づら》の子供をそそのかして、ミスター・バシントン＝バシントンの悪口を言わせたのか？」

「何でございます？」

「よせよ、分かってるくせに。ミスター・バシントン＝バシントンを『パパが知ってる』の一座から追い出すようにしろと、おまえが子供に言ったのか?」

「わたくしは、そんな出すぎた真似はいたしません」ジーヴズは僕の衣類を取り出しはじめた。「おそらくブルーメンフィールドの坊ちゃまは、わたくしの言葉の端々から、舞台はミスター・バシントン＝バシントンにさほどふさわしい場所ではないという意図を察知されたのではないでしょうか」

「なあ、ジーヴズ、まったくおまえは天才だ」

「ご満足いただけるように努めております」

「感謝の言葉もない。もしおまえがやつをクビにさせていなければ、アガサ叔母はひきつけを十五、六回起こしていたはずだ」

「ちょっとした揉め事と不愉快な事態は起こりえたと存じます。細い赤のストライプのタイとブルーのスーツを合わせてみました、きっとご満足いただけるかと」

　妙な話だが、朝食をすませ部屋を出てエレベーターの前に立ったそのときになって、僕はいきなり思い出した――シリルの一件でジーヴズが示した男らしい態度にどうやって報いてやるつもりだったかを。心が疼《うず》かずにはいまいが、ジーヴズの意向を容《い》れて、藤色を人生から抹殺してしまうのだ。なにしろ、男には犠牲を払わねばならない場面というものがあるから、僕は払うことにする。この決断を伝えて喜ばせてやろうと後戻りしかけたときにエレベーターが上がってきたので、それは帰ってからにしようと思い直した。

　乗り込むと、黒人のエレベーター・ボーイがうやうやしい面持ちで僕を見た。

「あんたサマにはオンレーをモーシ上げねばナンネー」ボーイは言った。「ご親切さまなこった」

「えっ？　何で？」

「ジーヴズさまがあっしに藤色の靴下をくんなすったが、あんたさまのメーレーとか。ほんに、アリガトウごぜーます！」

　下を見た。男の足首から下が燦然《さんぜん》と藤色に輝いている。これほどの装いは見たことがない。

「いや、なに！　いいんだ！　そうか、気に入ってくれたか！」

　やれやれ、どうだい。いや、まったく！


(*Jeeves and Champ Cyril*, 1918)

同志ビンゴ

その一　同志ビンゴ

事の起こりはハイド・パーク——それも、毎日曜にありとあらゆる奇妙な連中が集まって石鹼《せっけん》の木箱の上で演説をやるあのマーブル・アーチの角——だった。僕がこのへんに足を踏み入れることはめったにないのだが、この古き良き都に舞い戻ってきて初めての日曜、マンチェスター・スクウェアに人を訪ねる約束があり、早く着きすぎてもいけないと近辺を散歩しているうちに、事の真っ只中にいたわけだ。

大英帝国も呑気な国になったもので、僕はいつもロンドンの中心といえば、日曜日のハイド・パークだという気がする。という意味は、イギリスに戻った人間がこのあたりを歩くと、本当に家に帰ってきた気持ちになれるということだ。いわばニューヨークに強制疎開させられた後だったから、僕は周りのすべてをむさぼるように楽しんだ。若者の熱弁を耳にすると、すべてがつつがなく終わり、このバートラムは再び故郷に戻ってきたんだとしみじみ実感された。

いちばん離れたところではシルクハットの一群が野外礼拝を始めようとしており、そのこちらがわでは無神論者がひとり熱弁を振るっているが、舌足らずが玉に瑕《きず》だった。僕の正面には、真面目くさった表情の小グループが「赤き夜明けの尖兵《せんぺい》」と書いた横断幕を持って集まっており、近づいてみると、ソフト帽を目深に被りツイードのスーツを着込んだ顎《あご》ひげの尖兵が一人、怠惰《たいだ》な有産階級をしこたまこき下ろしていたものだから、ちょっと聞いてやれという気になり、しばし立ち止まった。そこへ男がひとり近寄ってきて話しかけた。

「ミスター・ウースターでは？」

でっぷりした男だった。しばらく、誰だか思い出せない。それからやっと分かった。ビンゴ・リトルの伯父さんだ。ビンゴのやつがピカデリーの軽食堂のウェイトレスに惚《ほ》れていた時分、いちど飯を食ったことがある。だが、分からなかったのも無理はない。このまえに会ったときの伯父さんはひどく不精たらしい初老の男で、たしか昼飯にもスリッパにベルベットのスモーキングジャケットを引っかけて降りてきたはずだ。ところが、今日はこざっぱりなんてもんじゃない。太陽の下で、シルクハットにモーニング・コート、藤色のスパッツと縞のズボンが輝いている。一分《いちぶ》の隙もない。

「やあ、おはようございます！」僕が言った。「お元気ですか？」

「最高に健康ですわ、ありがとう。あんたのほうは？」

「ぴんぴんですよ。アメリカから帰ったばかりで」

「ほう、ロマンス物に異国情緒を加えようというおつもりですな？」

「えっ？」しばらく意味が分からなかったが、やっと気がついた。そうだ、あのロージー・M・バンクスの一件があったんだ。「ああ、いや。ちょっと気分転換に。最近、ビンゴにはお会いになりますか？」すかさず訊ねたのは、僕の文筆生活なるものから話題をそらすためだ。

「ビンゴ？」

「甥御さんですよ」

「ああ、リチャードのことですか？　いや、ここしばらくは。わしの結婚以来、ちょっと関係が冷えこみましてな」

「それは残念。じゃあ、あのあと結婚なさったんですね。ミセス・リトルはお元気で？」

「妻はたいそう元気です。しかし——その——もはや単なるミセス・リトルではありませんでな。前回お会いした後、畏《おそ》れ多くも国王陛下は御寵愛《ちようあい》の印としてわしを——その——爵位《しやく》に列せられたのだ。前回の叙勲でわしはロード・ビトルシャムの称号を賜《たまわ》った」

「それは凄い！　心からお祝いを言わせてください。豪気《ごうぎ》なもんですねえ。でも、ロード・ビトルシャムといえば……？　そうだ、あなたがオーシャン・ブリーズの馬主？」

「そう、結婚で世界が広くなりましてな。妻が競馬に興味があるものだから、小さな厩《きゆう》舎《しや》を手に入れました。今月末行われる、サセックス州のリッチモンド公爵のお膝元グッドウッドでのレースでは、下馬評と言うんでしたかな、それが高いと聞いています」

「グッドウッド・カップ。それそれ！　ぼくもあの馬に少々賭けていますよ」

「それはそれは。まあ、あの馬がご信頼に応えることを願っています。そちらの方面のことは皆目分からんのですが、妻の話だと通の間では本命とかいうものに挙げられているようで」

そのときふと気付くと、群衆が興味深げにこちらのほうを見ていた。顎ひげの男が僕らを指差しているのだ。

「そうだ、あの二人を見ろ！　じっくり観察しろ！」男はわめいていた。その声は、永久機関を発明したと話している男の声をかき消し、礼拝を圧倒した。「あそこにいる二人こそ、何世紀にもわたり人民を抑圧してきた階級の典型ではないか。怠け者！　非生産者！　ゼンマイ人形みたいな顔をしたひょろ高いやつを見てみろ。あいつは、一生に一度でも真面目な仕事をしたことがあるだろうか？　ない！　こそ泥だ、遊び人だ、吸血鬼だ！　はいているズボンの代金だって、まだ仕立て屋に払っていないはずだ！」

次第に個人攻撃の度が増すので、僕は不快になってきた。一方、ビトルシャム爺さんは面白がっているようだった。

「連中の表現力はたいしたもんだ」くすっと笑った。「ずいぶん辛辣《しんらつ》ですな」

「それにあの肥《ふと》った男！」顎ひげの男は続けた。「見過ごしてはいけない。誰だか知っているか？　ロード・ビトルシャムだ！　最悪の一人だ。一日に四回も豪勢な食事を摂《と》

る以外、あの男が何をするというのか。胃袋があの男の神なのだ。胃袋に、湯気の立つ
いけにえを捧げるだけの人生だ。あの腹を裂いてみるがいい。労働者の十家族が一週間
食べていけるだけのランチが収まっているぞ」
「なかなかうまいことを言うじゃないですか」と僕は言ったが、こんどは爺さんがそう
は思っていない様子だった。顔色が赤黒くなり、口は沸騰《ふっとう》したやかんのように泡立って
いた。
「行こう、ミスター・ウースター。わしは言論の自由にはもろ手を挙げて賛成するが、
この手の低俗な雑言《ぞうごん》を聞くつもりはない」
僕らは威厳を保ちつつその場を離れたが、男の声は最後まで毒をこめて追っかけてく
る。実に具合が悪かった。
次の日倶楽部《クラブ》を覗いてみると、ビンゴが喫煙室にいた。
「よう、ビンゴ」そっちの隅に近寄りながら、僕は朗らかに言った。久しぶりにやつに
会えて嬉しかったのだ。「調子はどう?」
「何とかやってる」
「昨日、きみの伯父さんに会ったよ」
ビンゴはにたりと笑った。口を境にして顔が上下に分かれたようだった。
「知ってるよ、この遊び人め。まあ座れ。少し貧民の血でも吸ったらどうだ。最近収奪

のほうはどうかね？」

「これは驚いた！　まさか、あそこにいたのか？」

「うん、いた」

「見かけなかったぜ」

「見たともさ。もじゃもじゃの陰で見分けられなかったんだな」

「もじゃもじゃ？」

「顎ひげだよ。払った金だけの価値はある。ばれるのを避けるためさ。周りが『ビーバー』とはやしたてるのは閉口だが、それは我慢するしかない」

　僕は穴の開くほどビンゴを見つめた。

「意味が分からないな」

「話せば長い物語さ。まずマーティニでも、人民の血のソーダ割りでも飲んでくれ。それから話そう。そのまえに正直な意見を聞きたいことがある。この娘《こ》、きみが見た中でも最高の美人だと思わないか？」

　手品師が帽子から兎を取り出すみたいに、どこからか一枚の写真を取り出すとビンゴは僕の目のまえでひらひらと振った。どうやら女性のようだ。目と歯だけがやけに目立つ。

「何だ！」僕は言った。「まさか、また惚れたんじゃないだろうな」

　ビンゴはむっとしたようだった。

「どういう意味だ――またってのは?」

「だって、ぼくの知るかぎりでも、きみは春いらい半ダースの女に惚れているじゃないか。それもいま、まだ七月だ。例のウェイトレスがいてホノーリア・グロソップがいて、それから――」

「よせやい! たわごとを言うな! あんな連中? 一時の気まぐれにすぎん。これが本物」

「どこで見つけた?」

「バスの二階だ。名前はシャルロット・コルデー・ローボサムというんだ」

「そりゃまた!」

「彼女の責任じゃない。革命に入れあげてる父親がそう名づけたんだ。初代のシャルロット・コルデーはフランス革命の頃あちこちの風呂場で抑圧者を刺し殺し、いまでも記憶され尊敬されているんだそうだ。バーティ、きみも親父のローボサムに会わなきゃいかんな。愉快な男だぞ。ブルジョワを全員殺戮《さつりく》し、パーク・レーン一帯を略奪し、世襲貴族どもの腹を引き裂くつもりでいる。なあ、こんなに公平なことってないだろう? そうそう、シャルロットの話だったね。ぼくがバスの二階に乗っていると、雨が降り出した。傘をさし掛けてやったんで、いろいろ話が始まった。彼女に惚れこんでしまったから、住所を聞いた。二日ばかりして、ぼくは顎ひげを買いこんで一家に会いに行ったというわけだ」

「でも何で、ひげなんか？」

「それはだな、彼女はバスの上で親父さんのことを話してくれたんだが、あの一家に足場を築くためには『赤き夜明け』の仲間入りをするしかないらしいし、入ったとすればハイド・パークで演説をすることになる。あそこだと、知ってる連中にわんさと会うかもしれないから、変装したほうが賢いと判断したんだ。そこで顎ひげを買ったんだが、なんとまた、これが気に入ってしまってね。倶楽部に来るときに外したりすると、丸裸になったような気持ちだ。ひげのおかげで、ローボサムの親父ともうまくいった。ぼくのことをボルシェビキか何かで、官憲の目を逃れるために変装してるんだと思ってる。ぼくぜひローボサムの親父に会うんだね、パーティ。そうだ、明日の午後何かあるかい？」

「特に。なぜだ？」

「よし！　じゃあ、われわれ全員をきみのマンションのティーの会に呼ぶんだ。明日、ランベスで集会があった後、ぼくがライオンズ人民酒場に招待すると約束してあるんだが、きみんちに呼んでくれればぼくの金の節約になる。最近のぼくにとっては、節約した一銭は稼いだ一銭に等しいからね。伯父は結婚したと言ってたかい？」

「うん。きみら二人の関係が冷えたとも言っていた」

「冷えた？　もう氷点下だよ。結婚以来、伯父はあっちこっちに手を広げてぼくのほうを削っている。爵位をもらうのに大変な金が要ったんだろう。最近じゃ、準男爵の相場さえ法外らしいからな。それに、競走馬の厩舎も始めた。ところで、グッドウッド・カップではオーシャン・ブリーズに有り金を注ぎこむんだぞ。あれで決まりだ」

「そのつもりさ」

「負けっこない。シャルロットと結婚する資金をたっぷり稼がせてもらう。グッドウッドには行くんだろう、もちろん？」

「行くともさ！」

「ぼくらも行く。カップの日にパドックのそばで集会をやるんだ」

「でも、そいつはすごく危ないんじゃないか？　伯父さんだって必ず行くだろう。見つかったらどうする？　ハイド・パークでさんざんこき下ろした張本人がきみだと分かったら、愛想尽かしだけじゃすまないぞ」

「分かるわけないじゃないか。少しは頭を使えよ、遊び人の吸血鬼。昨日も分からなかったのに、なんでグッドウッドで分かる？　まあ、明日の暖かいご招待に感謝するよ。喜んでお受けしようじゃないか。天は善行を見逃さないぞ。ところで、『ティーの会』と言ったのは誤解を与えたかもしれないな。きみらの薄っぺらなバター・トーストとは違うぞ。われら革命家は腹いっぱい食うんだ。要るものを並べると、スクランブルエッグにマフィン、ジャム、ハム、ケーキにサーディンだ。五時きっかりに行くからな」

「でもなあ、そこまで――」

「やるんだ。馬鹿だなあ、革命が勃発したときにきみの役に立つのが分からないのか？　ローボサムの親父が両手で血のしたたる短刀を振り回しながらピカデリーを駆け回る段になってみろ、かつて家でティーのご馳走をしたと思い出させることができてほっとするから。四人になると思う——シャルロットとぼくご本人、親父さん。それに同志バット。こいつもきっと来たがるはずだ」

「同志バットって何者だい？」

「昨日の集会で、ぼくの左側に立ってた男に気がついたかい？　縮んだような小男、肺病病みの鱈《たら》みたいなやつ。それがバット。生意気にも、ぼくのライバルなんだ。シャルロットとは半分婚約中といったところ。ぼくが現われるまでは、連中の秘蔵っ子だった。霧笛《むてき》のようなでかい声を出すんで、ローボサムの親父も高く買ってる。でも見てろ、いまに追い落として身分相応なごみ溜めに放りこんでやる——それくらいできなかったら、ぼくも落ちぶれたもんだ。やつはでかい声は出せるかもしれんが、ぼくのような表現の才能がない。大学のボートで舵手《コックス》をやっててよかったよ。おっ、そろそろ行かなきゃ。ところでだ、きみ、五十ポンドばかり手に入れる方法を知らないか？」

「働いたらどう？」

「働く？」ビンゴはあっけにとられた。「働く？　ぼくが？　ばか言っちゃあいけない。何か他の道を考えるよ。オーシャン・ブリーズに五十ポンドは張らなきゃならん。じゃあ、明日。ありがとうよ。マフィンを忘れるな」

　学校で知り合って以来、僕はビンゴに対して何か責任があるような変な気持ちを持ちつづけているが、その理由は分からない。息子（だったら大変だ）とか弟とか、そんな関係にあるわけじゃない。そんな義理はいっさいないのに、僕はこれまで、メンドリのようにやつの周りをうろつき回って揉め事から救い出してやることに多大な時間を割いてきた。たぶん、僕のたぐいまれな美徳なんだろう。いずれにしても、今度の件は心配だ。ビンゴのやつは札付き一家の娘と結婚しようと脇目も振らないでいるが、少々イカレた女とはいえ、一人の女房を無一文で食わせることができると思っているのには恐れ入る。ビンゴがそんなことをしたら、ビトルシャムの親父が手当てを打ち切るのは目に見えているじゃないか。ビンゴみたいなやつにとって、手当ての打ち切りは斧の一振りで息の根を止められるに等しい。

「ジーヴズ」家に戻って僕は言った。「心配だ」

「何でございましょう？」

「ミスター・リトルのことだが、いまは話さない。友達を引き連れて明日のティーにやってくるから、そのとき判断すればいい。じっくり観察して、結論を教えてくれ」

「かしこまりました」

「それと、ティーのことだが、マフィンを出すように」

「はい」

「それに、ジャム、ハム、ケーキ、スクランブルエッグ、それから手押し車五、六台分のサーディン」

「サーディンでございますか？」ジーヴズは身震《ぶる》いした。

「そう、サーディン」

気まずい沈黙が流れた。

「責めてくれるな。ぼくのせいじゃない」

「は」

「ま、そんなところだ」

「かしこまりました」

ジーヴズが深刻に考え込んでいるのは明らかだった。


事の成りゆきが最悪に見えても大抵それほどにはならないものだとは、僕も経験上知っている。でも、ビンゴとのティー・パーティだけは例外だった。ビンゴがパーティを強要した瞬間から、これは悲惨なものになるぞという予感がしていた。そして、事実そうなってしまったのだ。僕の心を最も痛めたのは、ジーヴズがこれまで初めて平静さを失いそうになったという事実だった。いかなる鎧《よろい》にも弱点はあるものだろうが、レース開始の号砲一発、六インチもある茶色の顎ひげをぶら下げて飛び込んできたビンゴの砲弾は、ジーヴズの急所を貫いたようだった。僕がひげのことを言っておくのを忘れたものだから、ジーヴズにとっては青天の霹靂《へきれき》だった。あんぐりと顎を落とし、テーブルに手をついて身体を支えた。無理もない。ひげもじゃのビンゴほど強烈に嫌らしく見えるものはないんだから。ジーヴズはいったん青ざめたが、すぐ力を取り戻し、いつもの様子に戻った。しかし、動揺したのは見て取れた。

ビンゴのやつは、無頼の徒を紹介するのに忙しくて気がつかなかったようだ。ほんとに最悪の連中だった。同志バットは雨の後の朽木《くちき》から生え出したキノコのようだったし、ローボサムの親父を描写するには、「虫食いでぼろぼろになった」というのが最適だ。シャルロットはといえば、こいつは地球外の生物かと思われた。必ずしも不細工というのではない。完全に澱粉質《でんぷんしつ》を断ってスウェーデン体操でもやれば、けっこう見られるようになるだろう。けれども、なにしろ巨大すぎる。うねるように膨らんだ曲線。栄養過多というのが適切な表現だろう。黄金《きん》の心を持っているかもしれないが、見えるのは金歯が一本だけだ。ビンゴがその気になると、女でさえあればどんな人間にも惚れることができるのは僕も知っている。が、今度ばかりはどんな言い訳も無理だろう。

「こちら、ミスター・ウースター」紹介を締めくくってビンゴが言った。

ローボサムの親父は僕に目をくれ、それから部屋をぐるりと眺めまわした。このマンションにはオリエンタルな豪華装飾など何もないが、それでもけっこう快適にしつらえてある。それがお気に召さなかったようだ。

「ミスター・ウースター」ローボサムの親父は言った。「同志ウースターと呼んでも構わんか？」

「何ですって？」

「あんたも運動の一員か？」

「え――その――」

「革命の到来を待ちわびておるか？」

「そうねえ、待ちわびてるっていうのかなあ。ぼくの理解するかぎり、その計画のみそは、ぼくみたいな人間を皆殺しにすることでしょう。そんな考えにはあまり気が進まないなあ」

「いまぼくが、そっちの方向へ誘導中です」ビンゴが割り込んだ。「まさに取り組んでいるところ。あと二、三回の教育でうまく行くはずです」

ローボサムの親父は疑わしそうな目で僕を見て言った。

「たしかに、同志リトルは弁舌さわやかだからな」

「この人の演説、すごいのよ」娘が言うと、ビンゴは涎《よだれ》を出さんばかりにそちらを見やったので、僕はめまいを覚えた。同志バットは気分を害したらしく、絨毯を睨みつけて「火口上の舞踏会はいずれ吹き飛ぶ」とかなんとか呟いていた。

「ティーの準備ができました」ジーヴズが言った。

「ティーよ、パパ！」戦闘開始の喇叭《らっぱ》を聞いた軍馬のような娘の叫びを合図に、全員が食べ物に飛びついた。

時とともに人間が変わるのには驚かされる。パブリック・スクール時代の僕は、夕方の五時になると魂を売り飛ばしてでもスクランブルエッグとサーディンにありついたものだが、どういうわけか大人になるとこの習慣はなくなっていた。だから正直、革命の息子や娘たちが首を突き出して食い物に突進する姿にはあきれ返ってしまった。同志バットさえ一時の不機嫌を忘れてスクランブルエッグに没頭し、顔を上げるのは紅茶のお代わりをするときだけだった。すぐにお湯がなくなったので僕はジーヴズに命じた。

「追加のお湯だ」

「かしこまりました」

「おい！　それは何だ？　何のつもりだ？」ローボサムの親父がカップを置いて、僕ら二人を睨《ね》めつけていた。それから、ジーヴズの肩をぽんと叩いて言った。「隷属《れいぞく》はいかんぞ、きみ。隷属はやめろ！」

「何でございます？」

「わしに『ございます』などと言うな。同志と呼べ。自分が何だか分かっておるのか、きみは？　崩壊した封建《ほうけん》制の古ぼけた名残だ」

「さようでございます」

「わしの血が煮えくりかえるときがあるとすれば――」

「もうちょっとサーディンをどう？」ビンゴが口を挟んだ――知り合って以来初めて聞いたまともな発言だ。三匹取ったローボサムの親父は話題を忘れたようで、ジーヴズはすっと出て行った。後ろ姿から、心中が察せられた。

サーディンと約三リットルの紅茶でローボサムの親父は柔らかくなった。目にはちょっと柔和《にゅうわ》な色さえ浮かべて僕の手を握った。

「ご歓待にお礼を申し上げねばならんな、同志ウースター」

「いえ、とんでもない。ぼくのほうこそ――」

「ご歓待だって？」バットの野郎が鼻を鳴らした音には、耳の中で水中機雷が爆発したかと思った。窓のそばに並んでくすくす笑いあっているビンゴと娘を睨みながら、同志バットは不機嫌そうに顔をしかめていた。「あの食い物が、口の中で灰にならなかったのが不思議だ。玉子！　マフィン！　それにサーディン！　みんな、飢えに苦しむ貧乏人から奪い取った物じゃないか！」

「そんな！　ひどい言い方をするなあ！」

「運動に関する資料を送ってやろう」ローボサムの親父が言った。「近いうちに集会でお目にかかりたいもんだ」

後片付けに入って来たジーヴズが、残骸の中にへたりこんでいる僕を見つけた。同志バットが食べ物に難癖をつけるのは結構だが、ハムだってあいつ一人で食べ尽くしたようなもんだ。やつが食べ残したジャムを飢えに苦しむ貧乏人に与えるとしても、唇がねばつくほどの量すら残っていなかった。

「さて、ジーヴズ」僕が言った。「どうだ？」

「何も申し上げないことにいたします」

「ジーヴズ、ミスター・リトルはあの娘に惚れているんだ」

「わたくしもそうお見受けしました。お嬢さまが、廊下でミスター・リトルの背中をひっぱたいておいででしたから」

僕は額《ひたい》に手を当てた。

「ひっぱたいて？」

「はい、とても馴《な》れ馴れしく」

「何てこった！　そこまで進行していたとは知らなかった。同志バットの反応はどうだった？　あいつ、見ていなかったのか？」

「いえ、最初から最後まで見ておいででした。たいそう妬《ねた》ましいご様子で」

「無理もないな。ジーヴズ、ぼくらどうする？」

「どうしたものでしょうか」

「きついことになってきたな」

「はい、たいそうきついことに」

ジーヴズがくれた慰めは、それがすべてだった。

その二　ビンゴ、グッドウッドで敗退

　翌日、あのとんでもないシャルロットの感想を言ってやるためにビンゴと会う約束があったので、いったいどうしたら傷つけずに説明できるかと思い悩みながら、僕はセント・ジェイムズ・ストリートをのろのろ歩いていた。本心からいえば、あれほど気色《きしょく》の悪い女は見たことがなかったのだ。と、折しもデヴォンシャー倶楽部から出てきたのが、誰あろうビトルシャム爺さんとビンゴご本人だった。僕は急いで二人に追いついた。

「やあ、どうも！」

　この簡単な挨拶に対する向こうの反応には、ちょっとびっくりだった。ビトルシャム爺さんが、斧で切られたプリンみたいに全身をぶるるっと震わせたのだ。目は飛び出し、顔色は緑に変わっていた。

「ミスター・ウースターじゃないか！」最悪の事態を予想していたら僕だったことが分かって安堵したのか、少し元気が戻ったようだった。「驚かせんでくださいよ」

「あ、これは失礼しました」

「伯父は」とビンゴが、病床《びょうしょう》に侍《はべ》る男のように押し殺した声で言った。「今朝は心が動転しているんだ。脅迫状が来た」

「命を狙われとるのです」と爺さんが言った。

「脅迫状ですか？」

「教育のない字で書かれた、口ぎたない脅迫の言葉で一杯の手紙だ。ミスター・ウースター、先の日曜にハイド・パークで言葉のかぎりにわしを罵倒した不気味な顎ひげの男を覚えていますか？」

僕は飛び上がって、ちらりとビンゴを見た。深刻かつ親切、いかにも心配だという顔つきだった。

「うう――その――あれね」僕が答えた。「ひげ男。顎ひげの男」

「やつを確認できますか、その必要が生じたら？」

「うーん、ぼくは――ええと――どういう意味です？」

「というのはだな、バーティ」ビンゴが言った。「この事件の背後にはあのひげ男がいると、ぼくらは睨んでいる。ぼくがゆうべ伯父の住んでいるパウンスビー・ガーデンを歩いていて、家のまえを通りかかると、男がひとり、あたりを憚《はばか》るように急ぎ足で石段を降りてきた。玄関に手紙を押し込んだ直後だったんだろう。顎ひげがあるのは、はっきり分かった。そのときには何とも思わなかったんだが、今朝になって伯父から、脅迫状を受け取ったこと、ハイド・パークで顎ひげの男にののしられたことを聞いてピンときた。ぼくは調査を開始する」

「警察に知らせるべきだ」ロード・ビトルシャムが言った。

「だめです」ビンゴがぴしゃりと言った。「いまの段階ではだめ。邪魔になる。伯父さん、心配ご無用。ぼくが突き止めてあげますよ。すべてぼくに任せなさい。いまタクシーに乗せてあげる。ぼくはバーティと話があるから」

「すまんのう、リチャード」そう言う伯父さんを通りがかりのタクシーに押し込むと、僕らは歩き出した。僕は向き直って、ビンゴの目を正面から見据えた。

「手紙を送ったのはきみか？」

「そうさ！　見せたかったぜ、バーティ！　ぼくが書いた、お手本にしたいような最高の洗練された脅迫状」

「でも、いったいどういうつもりで？」

「それはだな、バーティ」ビンゴは僕の袖をぐいと捕えた。「それには十分な理由があるんだ。後世の人間はぼくのことをなんとでも好きに言うがいいが、一点だけは絶対に言わせない——ぼくがビジネスの才覚を持っていなかったとはな。見ろ！」そう言ってビンゴは小さな紙切れを僕の目のまえで振った。

「あ、そいつは！」小切手だった——正真正銘の小切手、額面は五十ポンド。ビトルシャムの署名がしてあり、受取人はR・リトル。

「何のための小切手だ？」

「経費さ」懐《ふところ》にしまいながらビンゴは言った。「まさか、一銭もかけずにこんな捜査ができるとは思っちゃいまい？　これから銀行に行って行員どもを驚かしてやる。それからいつもの賭け屋に行って、全額をオーシャン・ブリーズにつぎ込むんだ。こういう状況で肝要なのはだな、バーティ、策略だよ。ただ黙って伯父のところに行って五十ポンドくれと言っても、くれるかい？　くれるわけがない！　ところが、策略をめぐらすと——そうだ、ところでシャルロットをどう思う？」

「うん——まあ——」

ビンゴは僕の袖《そで》をいとおしそうにさすった。

「分かる、分かる。無理に言うな。彼女に圧倒されたな。言葉もない、ということだろ？　分かるんだ！　彼女には誰でもそうなるからな。じゃあ、ここで。あっ、そのまえに——バットのやつ！　バットをどう思う？　神が創りたもうた最大の失敗作には見えないか？」

「えらく陰気な男のようだな」

「出し抜いてやったぞ、バーティ。今日の午後、シャルロットと動物園に行く。二人だけで。それから映画だ。終わりの始まりが見えてきたとは思わないか？　そいじゃな、青春の友よ。これから用がないなら、ボンド・ストリートで結婚祝いの物色でもするんだな」

その後しばらく、ビンゴは音信不通になった。僕は二、三度、電話をくれと倶楽部に伝言を置いてもみたが、音沙汰なかった。きっと、忙しくて返事の暇がないのだろう。そうするうちに、赤き夜明けの尖兵《せんぺい》たちのことも僕の心から消えていった。ただジーヴズは、ある晩同志バットに出くわしてしばらく話をしたと言っていた。ジーヴズの話では、バットはいっそう陰鬱になっていたとのこと。あのはち切れそうなシャルロットを巡る競争では、同志バットは賭け率《オッズ》が急降下中のようだ。

「ミスター・リトルが圧勝の様子でございますね」ジーヴズが言った。

「そいつは悪いニュースだぞ、ジーヴズ。実に悪い」

「さようでございます」

「ジーヴズ、どうもこういうことらしいな。ビンゴのやつがいったん上着を脱いで本気になったら、神さまも人間もやつのバカは止《と》められないんだ」

「さよう推察いたします」

グッドウッド競馬の日がやってきた。僕も、一番いいスーツを取り出して出かけていった。

こうやって物語を書いていて悩むのは、書くことを取捨選択して最小限の事実だけ述べたほうがいいのか、それとも細々《こまごま》と情景描写なんかを詰め込んだほうがいいのかということだ。グッドウッドの青い空、うねる丘陵《きゆうりよう》、嬉しげなスリの一群とスラれる一群、その他もろもろを文章にぎゅうぎゅう押し込むような、そんな連中もいるだろう。だが、そのへんは飛ばしたほうがよさそうだ。あのいまいましいレースの一部始終を描き出したくても、その気力がない。あれが終わってから、ほとんど時間がたっていない。苦痛が薄れるための時間がまだ必要だ。もうお分かりと思うが、オーシャン・ブリーズ（あの馬に災いあれ！）は、カップから最も遠い位置で終わった。手の届きようもない位置で。

男の魂が痛めつけられるのはこういうときだ。本命が入賞してくれないのは面白くないものだが、ことにこの馬はけしからん。僕のつもりでは、実際のレースなんぞは全く形だけの古風な儀式みたいなもので、あとは胴元のところで換金してくれればいいはずだったのだ。パドックから離れて痛手を忘れようとしていたそのとき、僕はビトルシャム爺さんに出くわした。紫色の顔色に動揺の表情、両眼は信じられない角度で飛び出していたから、僕はそっと手を差し伸べて握った。

「ぼくもです」僕は言った。「ぼくもです。あなたはいくらやられました？」

「やられた？」

「オーシャン・ブリーズで」

「わしはオーシャン・ブリーズに賭けてはおらん」

「何だって！　カップの本命の馬主じゃないですか。自分の馬に賭けなかったとは！」

「わしは競馬には賭けない。信条に反する。あの馬が勝ちそこねたとは聞いたが」

「勝ちそこねた！　そんなもんじゃありませんよ。あんまり遅れたんで、次のレースの一着になるところだった」

「いやはや」とビトルシャム爺さんが言った。

「まさに『いやはや』ですよ」僕も同意した。と、そのとき、実に奇妙なことに気づいた。「レースで損もしていないのに、何をそんなにうろたえているんです？」

「あの男がいる！」

「どの男？」

「顎ひげの男だ」

このとき僕が初めてビンゴのことを思い出したといえば、オーシャン・ブリーズ敗退の痛手がいかに深かったか分かってもらえるだろう。そうだ、ビンゴもグッドウッドに来ると言っていたのだ。

「猛烈なアジ演説をぶっておる――わしだけを目標に。来たまえ！　人だかりのところだ」爺さんは僕を引っぱってゆき、体重を力学的に利用して最前列に出た。「ほら、あれだ！」

ビンゴのやつ、たしかに強烈なのをやっていた。六着にも入らなかった駄馬に有り金すべてを注《つ》ぎこんですってしまった痛みの反動から、腹黒い貴族馬主を痛烈にこき下ろしている。厩舎を一周するときでさえ途中で座り込んで休憩してしまうような馬なのに、疑うことを知らない無辜《むこ》の大衆に安全確実な本命と信じ込ませた、というのだ。そして、欺瞞《ぎまん》の結果に泣く勤労者の家庭を描写したのだが、正直なところ、これは実に感動的だった。素朴《そぼく》で人のいい勤労大衆が新聞のオーシャン・ブリーズの仕上がりに関する一字一句を信じこみ、この駄馬に賭けるために女房子供の食事を切りつめ、さらに一銭でも多く賭けようとビールも我慢し、レースの前日には子供の貯金箱から帽子のピンで小銭をほじくり出したあげく、その夢が音を立てて崩れ落ちたのだ。鮮烈な描写だった。ロードボサムの親父さえ、うなずきながら感心の態《てい》だった。バットだけが嫉妬心丸出しで弁士を睨みつけていた。聴衆は大喝采《だいかっさい》だった。

「貧しい勤労大衆が営々辛苦して貯めた金をなくしてしまったからといって」とビンゴは叫んだ。「ロード・ビトルシャムがこれっぽっちでも意に介するだろうか？ ぼくは言いたい、友人同志諸君。話をするのもいいだろうし、議論をするのもかまわない。歓声を上げるのも、決議文を採択するのもいいだろう。しかし、必要なのは行動だ！ 行動！ 実直なわれわれ大衆にとっては、ロード・ビトルシャムを始めとする貴族どもの血がパーク・レーンの側溝に流れるまで、この世は快適ではないのだ」

聴衆から大歓声が上がった。察するに、連中のほとんどが手金をすべてオーシャン・ブリーズに賭けており、そのことで深く根に持っているようだ。ビトルシャム爺さんは成り行きを見守っているもっさりした大柄の警官のところへ飛んでいき、取り締りを要求しているようだった。警官は口ひげをちょっとつまんで微笑んだが、それ以上のことをしようとはしなかった。ビトルシャム爺さんは鼻から湯気を噴出しながら戻ってきた。

「不届き千万！ わしの身体の安全が脅かされておるのに、警官は介入を拒否したぞ。

単なる演説だと！　単なるだと！　全くけしからん！」

「そうですね」と僕は言ったが、この一言も爺さんを元気づけるにはいたらなかった。

つづいて同志バットが演壇の中央に立った。世の終わりに天使が吹き鳴らす喇叭のような大声だったから、言葉ははっきり聞こえた。しかし、何だか勢いが感じられない。言ってみれば、具体性がないのだ。ビンゴの演説の後では、聴衆は漠然とした運動の宣伝では物足りない。もっとぴりりとした話を聞きたがっているようだった。そこで連中は、思い思いに哀れな弁士を勝手に野次りはじめた。と、バットは言葉を途中で切った。ビトルシャム爺さんを睨んでいる。

聴衆は、バットが言葉に詰まったと思った。

「喉飴《のどあめ》でもなめろ！」誰かが叫んだ。

同志バットは、ぐっと姿勢を立て直した。僕のところからでも、その目に表われた邪悪な光が見えた。

「まあ、同志諸君、ばかにするのもいい、からかうのも笑うのもいいだろう。しかし、言わせてもらいたい。運動は時々刻々と拡大している。そう、いわゆる上流階級にさえ浸透しつつあるのだ。こう言ったら信じてもらえるだろう。今日、ここ、まさにこの場所で、われわれ少人数の運動員の中に上流階級出身の熱烈な支持者がいるのだぞ。ついさっきまで諸君が野次っていたロード・ビトルシャムの甥、その人が」

ビンゴが気づく暇を与えず、バットは手を伸ばして顎ひげをつかんだ。ひげは一気にはがれた。さすがのビンゴの名演説も、この劇的なシーンにはかなわなかった。ビトルシャム爺さんがギャッという驚きの声を発するのが聞こえたが、その後の言葉は歓声と拍手にかき消されてしまった。

この危機の瞬間、ビンゴが彼らしく果敢《かかん》に行動したことは認めていい。あっというまに腕をバットの首に回し、頭を捩《ね》じ切りにかかった。しかし、そこまで行くまえに、例のもっさりした警官が魔法のようにしゃきっとなって飛び出したと思うと、ビンゴを右腕に、同志バットを左腕に抱え、群集をかきわけて戻ってきた。

「通りますよ、閣下」通路に立ちはだかっているビトルシャム爺さんのまえまで来たとき、警官は礼儀正しく言った。

「えっ？」爺さんはまだあっけに取られていた。

この声を聞いたビンゴは、警官の右腕の下から一瞬ちらりと視線を上げたが、そのとたん、空気が抜けたみたいに体がしぼんでいった。弱った百合《ゆり》のようにうなだれると、力なく連行されていった。首筋に強力パンチを決められた感じだった。

ジーヴズは、朝のお茶を持ってきてベッドわきのテーブルに置くと、たいてい僕が独りで楽しむようにと音もなく去ってしまう。でも時々は、カーペットの真ん中でうやうやしくかげろうのように揺らいでいることがあって、ああ、何か話があるなと分かる。グッドウッドから戻った翌朝、ベッドで天井を眺めていた僕は、まだジーヴズが部屋にいるのに気がついた。

「おう」僕は言った。「なんだい？」

「朝早くミスター・リトルがお見えになりました」

「えっ、ほんとに？　あのあとどうなったか言ってたか？」

「はい、その件でお会いになりたかったとのことでした。田舎に引っ込んで、しばらくそちらにいらっしゃるご予定だそうです」

「そりゃ、そのほうがいい」

「わたくしもさよう判断いたしました。ただ、ちょっとばかり財政的な問題を解決する必要がございまして、独断ではございましたが、当座の出費のために十ポンド立て替えてお渡しいたしました。ご承認いただければと存じます」

「もちろん。化粧台から十ポンド持っていけ」

「かしこまりました」

「ところで、ジーヴズ」僕が言った。

「は？」

「分からんのは、いったいどうしてあんなことになったかだ。バットのやつ、どうしてビンゴの正体が分かったんだろう？」

ジーヴズは咳払いした。

「その点でございますが、責任の幾分はわたくしにあろうかと存じます」

「おまえに？　どうして？」

「ミスター・バットとお話ししているうちに、不注意にもミスター・リトルの正体を洩らしてしまったようでございます」

僕は起き上がった。

「なんだと？」

「さようでございます、あのときのことを振り返ってみて、いまはっきり思い出しました。わたくし、ミスター・リトルのあの運動へのご献身ぶりは大衆に知ってもらう価値がある、と申し上げたのです。たいへん遺憾ではございますが、それが結果的にミスター・リトルと伯父さまの一時的な行き違いの原因になりましたようで。それに、もう一点ございます。ミスター・リトルとこちらのティーにお見えになった若いご婦人の関係が断絶したのも、わたくしの責任でございます」

僕はもう一度起き直った。なんということだ、あの災難にも善なる側面があることを完全に見過ごしていた。

「あの二人、終わったというのか？」

「はい、完全に。ミスター・リトルのお口ぶりから、そちら方面のお望みは完全に消え失せたものと判断いたしました。他の障害がなくとも、もはやご婦人のお父上からはスパイで裏切り者だと見なされているとおっしゃっておいででした」

「ふうむ、そいつは！」

「心ならずも、大変なことを引き起こしてしまいましたようで」

「ジーヴズ！」僕は言った。

「は」

「化粧台の上に金はいくらある？」

「持っていくようにとおっしゃった十ポンドを除きますと、五ポンド札二枚、一ポンド札三枚、十シリング札一枚、半クラウン貨二つにフロリン貨一個、シリング貨四個と六ペンス貨一個、それに半ペニーでございます」

「ぜんぶ持っていけ。おまえの稼ぎだ」

（*Comrade Bingo/Bingo Has a Bad Goodwood*, 1922）

バーティ君の変心

ここ二、三年ほど、この職業を志す若者から助言を求められることがたいそう多くなってまいりましたので、そろそろ簡略な法則にまとめておいたほうが便利だと考えるに至りました。

「機略と手際」――これが私のモットーです。手際というものは私にとって常に欠かせないものでありましたし、機略という点では、紳士に仕える紳士の日常生活において時として発生せざるをえない突発事件に対し、「巧妙さ」とでも言うべきものをいささか用いることにたいていは成功してまいりました。ここで思い出す一件があるのですが、これは「ブライトン近郊の女子校事件」と呼ぶことにいたします。ことの始まりは、私がある夜ウィスキーとソーダ・サイフォンをお持ちすると、ウースター様がひどくぶっきら棒にお答えになった、そのときでしょうか。

いつもの快活さと打って変わって、ウースター様はここ数日だいぶ塞《ふさ》いでおいででした。しばらく前におかかりになったインフルエンザのせいだと思った私は、さして気にも留めず、いつもどおりにお仕えしておりました。ところがついにこの日、私がウィスキーとサイフォンをお持ちすると、あからさまに不機嫌な顔をお見せになったのです。

「いい加減にしてくれよ、ジーヴズ！」神経にじかに触れられたようなお声でした。

「たまには、違うテーブルに置くぐらいのことができんのか？」

「とおっしゃいますと？」

「毎晩、毎晩」ウースター様は物憂げにおっしゃいました。「おまえは、同じ時間に同じ盆を抱えてやってきて、同じテーブルに置く。もう嫌だ。決まりきった単調さが我慢ならん」

この言葉を聞いて、ぎくりと思い当たることがありました。以前にお仕えしていた何人かの方がほとんど同じような言い方をなさいましたが、みなさま、例外なく結婚をお考えになっていたのです。ですから、ウースター様がこのような発言をなさったのには、正直のところ狼狽《ろうばい》いたしました。私はこの方とのあらゆる面で好ましい関係を絶ちたくなかったのですが、経験から申せば、奥様が表玄関から入って来られると独身時代の従僕は裏口から出て行くものなのです。

「いや、おまえが悪いんじゃないよ」ウースター様は、少し平静に戻っておっしゃいました。「おまえを責めているんじゃない。でも、なあ、分かるだろう――その、最近つくづく思うんだが、ジーヴズ、ぼくの人生は空っぽだ。ぼくは寂しい」

「たくさんお友達がいらっしゃるではありませんか？」

「友達が何の役に立つ？」

「エマーソンが」と私は引用しました。「友人とは天が創りたもうた最高の傑作である、と言っております」

「そうか、じゃあそのエマーソンとかいうやつにこんど会ったら、ぼくが馬鹿めと言っていたと伝えろ」

「承知いたしました」

「ぼくに必要なのはだな——ジーヴズ——おまえは観なかったか、『何とかのかんとか』という芝居？」

「いえ」

「何とかいう劇場でやっている。ぼくはゆうべ観た。主人公は結構面白おかしくやっているやつなんだが、突然小さい子供が現われて、あなたの娘ですと言うんだ。第一幕からの仕込みだが、男には全くの初耳。そこで、もちろん、大騒ぎになる。周りが『ええっ？』と言い、男が『どうしたもんだろう？』と言い、みなが『さあ、どうする？』と言い、最後に男が『いいよ、じゃあ。みんながそう思うんなら！』と言うと、子供の手を取っていっしょに世の中に出て行く。何が言いたいかというとだな、ジーヴズ、ぼくはやつが羨ましいんだ。実にかわいい女の子で、それが信頼しきってというのかなあ、男にすがりつくんだ。守ってやるべき存在、とでもいったもんか？　ジーヴズ、ぼくにも娘がいたらいいなあ。どういう段取りになるだろう？」

「まず、結婚から考えることになると思いますが」

「そうじゃない、ぼくの言うのは養子をもらうことなんだ。子供を養子にもらうのは可能なんだろう、ジーヴズ？　でも、何から始めたらいいか分からない」

「手続きは相当複雑で手間ひまのかかるものかと。お時間を取られます」

「そうか、じゃあぼくの考えを教えてやろう。来週、姉が三人の娘を連れてインドから帰ってくる。そしたら、このマンションを引き払って一軒家に移り、全員を引き取っていっしょに住む。どうだ、ジーヴズ、凄い計画だと思わないか？　片言の子供の声、あちこちでちっちゃな足がパタパタいう音、なんてのは？」

　私は動揺を隠しましたが、平静な態度を保つのはひと仕事でした。ウースター様がおっしゃる筋書きが実現するとすれば、私ども二人の心地よい独身共同生活はおしまいです。同じ立場に立たされたなら、取り乱してその場で反対を唱える者もいるでしょう。私はそんな不手際はいたしませんでした。

「こう申し上げてよろしければ、インフルエンザのあと、いささか本調子でいらっしゃらないようにお見受けいたします。差し出がましいようですが、海辺《うみべ》で二、三日お過ごしになる必要がございます。ブライトンは手近でございますし」

「ぼくが世迷いごとを言っているというのか？」

「滅相もありません。お身体の回復のために、短期間の逗留《とうりゅう》をお勧めするだけで」

ウースター様は考え込まれました。

「そうだなあ、おまえの言うのも悪くないかもしれん」しばらくして、そうおっしゃいました。「たしかに、どうも頭がはっきりしない。要るものをスーツケースに詰め込んでくれ。明日、おまえの運転で行こう」

「かしこまりました」

「帰ってきたときには、元気百倍でパタパタ足音作戦に取り掛かれるわけだ」

「そのとおりでございます」

まあ、これで一息、ほっといたしました。しかし、よほど巧妙に処理しなければならない難問が発生したことには変わりありません。ウースター様がここまで物事に執着なさるのは、めったにないことです。私がずばり不承知と申し上げた藤色の靴下をどうしてもお召しになりたいと言い張られた、あのとき以来ではありませんか。しかし、その件は私がうまく処理しましたし、本件も最後には満足の行く方向に持って行けることには何の疑いもありませんでした。ご主人とは馬のようなものであって、調教が肝心なのです。紳士に仕える紳士のうちにも、調教のこつを心得ている者もおれば、いないものもおります。幸いなことに私は、この点でなんら不足するものはありません。

私にとってブライトンでの滞在は極めて快適で、もうしばらくゆっくりしたいくらいでした。しかし、ウースター様は依然として落ち着かず、二日目の終わりにはもうお飽きになって、三日目の午後、荷物をまとめて車をホテルに回すようおっしゃいました。

五時ごろにロンドンに向かう国道に乗り、晴れ渡った夏空の下を二マイルばかり走ったあたりの道端で、ずいぶんお若いご婦人が大きな身ぶりで合図をしているのが目に入りました。私はブレーキをかけて車を止めました。

「どうした」瞑想を破られたウースター様がおっしゃいました。「どういうつもりなんだ、ジーヴズ？」

「少し先のほうで若いご婦人がしきりに合図をなさっておられますので」私は説明しました。「こちらへ歩いてこられます」

ウースター様も視線をお向けになりました。

「うん、来るな。乗せてほしいんだろう、ジーヴズ」

「ご様子から、わたくしもそう推察いたしました」

「元気そうな子じゃないか」ウースター様がおっしゃいました。「いったい何をしているんだろう、こんな国道の上で？」

「あの様子からいたしますと、許可なく学校から抜け出てきたようです」

「よう――よう――よう！」娘さんが近寄ってくると、ウースター様がおっしゃいました。「乗せてほしいのかい？」

「えっ、いいの？」娘さんは顔を輝かせました。

「どこまで行きたい？」

「一マイルほど先に、左に入る道があるの。そこで下ろしてくだされば、後は歩いていくわ。ほんとに助かります。靴の底に釘が出て」

娘さんは後ろの座席に乗り込みました。赤毛で、とっくり鼻、笑うと大きな口が裂けそうでした。歳は十二歳ぐらいかと思われます。補助椅子を下ろしてその上に膝をつき、身を乗り出して話しだしました。

「わたし、これから大変なのよ。ミス・トムリンソンがカンカンのはずだから」

「おや、どうして？」

「今日は半休でしょう。こっそりブライトンまで遠出をしたの。桟橋《さんばし》にある一ペニーのスロット・マシンで遊びたかったから。時間までにもぐりこめば誰も気がつかないと思ったのよ。でも、靴の釘でしょう。叱り飛ばされるに決まってる。まあ、でも」娘の口調はでんと落ち着いていて、これには私も敬服いたしました。「それは仕方ないわね。この車、なに？　サンビームでしょう。うちの車はウォルズリーよ」

ウースター様は目に見えて気の毒そうな表情でいらっしゃいました。先に申し上げたとおり、このところ神経がご過敏で、若いご婦人一般に同情を禁じえない状態でいらっしゃったのです。

「ふうむ、そいつは困ったなあ。何か方法はないもんだろうか？　ええ、ジーヴズ、何とかならんもんかな？」

「わたくしから差し出がましく申し上げる問題ではございませんが」私はお答えしました。「ご下問にお答えしますと、何とか辻褄《つじつま》を合わせる方法はあるのではと存じます。

あなたさまが校長先生に、この若いご婦人のお父さまとは古くからのお友達だとおっしゃれば話は通じるでしょう。学校のまえを通りかかったときに見かけたのでドライブに連れ出したと、トムリンソン校長に説明なさいませ。校長先生のお怒りも、なくなるとは申しませんが、ずいぶん軽くなるはずでございます」

「まあ、親切！」若いご婦人は大喜びでおっしゃり、身を乗り出して私の頬にキスなさいました――私の感想はと申せば、直前までねばねばした菓子を頬ばっていらっしゃらなければ、というものでしたが。

「そうだ、ジーヴズ！」ウースター様がおっしゃいました。「完璧な計略だな。ほとんど愉快なくらいだ。さて、きみのお父さんの友達ということになると、名前やなんかを聞いておかないとな」

「わたしペギー・メインウェアリング」若いご婦人が言いました。「父はメインウェアリング教授。たくさん本を書いてます。それは知っといてね」

「一連の有名な哲学論文の著者でいらっしゃいます」私が口をはさみました。「たいそう流行《はや》りの学説でございます。もっとも、こちらのご婦人に失礼を顧《かえり》みず申し上げれば、教授のお説にはいささか経験論的なものが多いように存じますが。学校へ向かいますか？」

「そうだ、行ってくれ。なあジーヴズ、変な話だが、女学校に入ってみるのはこれが初めてなんだ」

「さようでございますか？」

「きっと面白いだろうな、ジーヴズ。どうだ？」

「そうだとよろしゅうございますが」と私は答えました。

横道に折れて半マイルほど走ったあと、私は若いご婦人の指示に従って、ひどく大きな構えの建物へとつながる門を入り、車を正面玄関につけました。ウースター様と娘さんが中にお入りになって間もなく、女の召使が出てきました。

「車を広場のほうに回していただけますか」

「ははあ！」と私は言いました。「ということは、うまく行ったようですね。ミスター・ウースターはどちらへ？」

「ペギーお嬢さまが、お友達のところへお連れになりました。給食係からの伝言で、あなたが台所にいらしたらお茶を差し上げたいそうです」

「喜んで参りますと伝えてください。車を裏に回すまえに、トムリンソン校長先生とちょっとお話ができますか？」

私は召使の後について応接室に入りました。

上品だが押しの強い――それがトムリンソン校長を一目見たときの私の印象でした。いくつかの点で、ウースター様のアガサ叔母様を思い出させるものがありました。つき刺すような視線、ちゃらんぽらんは絶対に許さないという雰囲気。

「差し出がましいようでございますが」と私は切り出しました。「わたくしの主人についてひと言お耳に入れたいと存じまして。ミスター・ウースターはご自分のことについてあまりお話しにならなかったのではございませんか？」

「いっさいお話しになりませんでした。ただメインウェアリング教授《せんせい》のお友達というだけで」

「では主人は、かの有名なミスター・ウースターであることは申し上げませんでしたね？」

「かの有名な？」

「他でもない、あのミスター・バートラム・ウースターですよ」

知性的には取るに足らないウースター様ですが、ウースターというお名前の響きは無限の可能性を秘めています。もう少しその意味を説明しましょう。ウースターというご立派なお名前は、ひどく大物らしく聞こえるではありませんか――ことに、著名なメインウェアリング教授のご親友であると言われた直後ならば。作家のバートラム・ウースターでもいいし、新思想の創始者のバートラム・ウースターでもかまわない、それを知らないという無知をさらけ出すのは、誰だって嫌でしょう。予想にたがわず、トムリンソン校長は目を輝かせました。

「まあ、あのミスター・バートラム・ウースターですの！」

「主人はとても遠慮深い方ですから、ご自分からは決してお申し出にならないと思います。そこで、一番よく存じ上げているわたくしの口から申しますが、もし生徒たちにお話をなさるよう校長先生からお願いなすったら、とても名誉にお思いになるはずです。即席スピーチが大変お得意でいらっしゃいますから」

「それはいいですね」トムリンソン校長は重々しく言いました。「お勧め、ほんとに感謝します。ぜひ、娘たちにお話をしていただくようお願いしましょう」

「控えめな方ですから、もしご辞退されるような素振りを——」

「曲げてもお願いします」

「ありがとうございます。ところで、わたくしの名はお出しにならないでいただけますか? あとでお叱りを受けるといけませんから」

私は車を回し、広場に停めました。降りるときには、車を念入りに観察しました。すばらしい車で、調子も最高のように見えますが、まもなくどこか具合が悪くなりそうで——ちょっと手におえない故障が起きそうで——二時間ほどは直りそうもないぞ、と私は感じました。

こうした予感は、たいがい当たるものなのです。

それからほぼ三十分後、私が車に寄りかかってのんびり一服しておりますと、ウースター様が広場に出てこられました。

「いや、棄てなくてもいい」私が煙草を口から離そうとするとウースター様がおっしゃいました。「実を言うと、一本もらいたくて出てきたんだ。いいかな?」

「安煙草でございますよ」

「かまわん」たいそう熱心な声でした。いささかお疲れのご様子で、目の表情が変わっていました。「いまいましいが、シガレット・ケースを失くしたらしい。どこにもないんだ」

「それはお気の毒に。車の中にはございません」

「ないか？　じゃあ、どこかで落としたんだろう」ウースター様は安煙草をうまそうに吸い込まれました。「かわいいもんだな、小さな女の子は」ややあっておっしゃいました。

「はあ」

「もちろん、ちょっとばかり手に余ると思う人間もいるだろう。特に――」

「束になって来られますと？」

「それだ。束になられると、ちょっと手に余る」

「実を申しますと、わたくしも以前からそう思っております。若いころ初めて就《つ》いた職が、女学校の使い走りでして」

「なに、ほんとか？　それは知らなかった。で、ジーヴズ、そのころの――ええ、そのころの、なんだ――女の子たちも、あんなにくすくす笑っていたのか？」

「ほとんど、のべつまくなしでございました」

「こちらが馬鹿にされているような気がするな。それに、しょっちゅうこちらをじろじろ見つめたか？」

「わたくしの勤めておりました学校では、男のお客さまがあると生徒たちが決まってやる遊びがございました。みんなでじっと見つめて、くすくす笑うのです。男の方の顔を最初に赤くさせた者が勝ちで、ちょっとした賞品がでました」

「まさか、冗談だろう、ジーヴズ。ほんとか？」

「本当でございます。この遊びが一番人気がありました」

「あの小さな娘たちが、そんなワルだとは知らなかった」

「男の子よりはるかに悪うございます」

ウースター様はハンカチで額《ひたい》をぬぐわれました。

「まあ、もうしばらくするとお茶をよばれることになっている。少しは気分もよくなるだろう」

「そうだとよろしゅうございますね」

とはいうものの、私は決して楽観しておりませんでした。

私は台所で楽しい午後のお茶を頂きました。バター・トーストは結構でしたし、ほとんど口はききませんでしたが召使もいい女たちでした。お茶が終わりかかったころに台所に戻ってきた広間係の召使によれば、ウースター様はのぼせ気味ではあるが気丈に努めていらっしゃるとのことでした。私が外の広場に戻ってもう一度車を調べておりますと、メインウェアリングと名乗った女の子が現われました。

「あのね、これ、あとでミスター・ウースターに渡してくださらない？」と言って、ウースター様のシガレット・ケースを差し出しました。「あの方が落としたらしいの。ところで、楽しいことになっちゃった。あの方、これから講演なさるんですって」

「さようですか？」

「授業時間中の講演ってみんな大好き。みんなでじっと見つめて、途中で立ち往生させてあげるの。先学期の人はしゃっくりを始めたわ。ミスター・ウースターもしゃっくりするかしら？」

「ま、それはなんとも」

「そうなったら最高よ、ねえ？」

「なるほど、愉快でしょうね」

「あっ、もう戻らなくちゃ。一番前の席に座るんだから」

彼女は走っていきました。元気一杯の、いかにもお茶目な娘さんでした。

娘さんが去って間もなくでした。慌しい足音がしたかとおもうと、建物の陰からウースター様が現われました。うろたえた顔つきで、大狼狽のご様子です。

「ジーヴズ！」

「はい、何で？」

「車のエンジンを入れろ！」

「は、何でしょうか？」

「逃げるんだ！」

「何でございます？」

ウースター様は地団太を踏まれました。

「馬鹿みたいにつっ立って『何、何』とほざくのはやめろ。逃げると言ってるんだ。いいから行くんだ！　一刻の猶予もならん。深刻な事態なんだ。全く、何が起こったか知ってるのか？　トムリンソンの婆さんが言うには、ぼくが女の子たちに講演をすることになってるんだと！　あのワルの連合軍のまえで話をするなんて！　どうなることか、いまから目に浮かぶ！　早く車を出せ。急げ、急ぐんだ！」

「無理です、遺憾ながら。故障でございます」

ウースター様は、あんぐりと口を開けて私をごらんになりました。茫然自失《ぼうぜんじしつ》のお顔でした。

「故障！」

「はい、どうもそのようで。大したことはないと思いますが、修理には少々時間が必要かと」ウースター様のような若紳士は、気楽にあちこち乗り回されても、メカのほうまで勉強なさいません。その点は私の言いなりでした。「変速機《ギア》の噛み合わせでしょう。あるいは排気のほうかもしれません」

大好きなウースター様のことですから、お顔を見るとくじけそうな気持ちになりました。あそこまで気の抜けきった落胆ぶりには、誰しも同情を禁じえないでしょう。

「じゃあ、ぼくはおしまいだ！　でも」——かすかな希望の光がお顔をよぎったようです——「ここを抜け出して、徒歩で逃げれば何とかなるかな、ジーヴズ？」

「残念ながら、手遅れでございます」私は近づいてくるトムリンソン校長を軽く指してみせました。決意に満ちた表情で、ウースター様の背後から近寄ってこられます。

「おや、こちらでしたか、ミスター・ウースター」

ウースター様は力のない笑みを浮かべられました。

「えっ——ええ——ここに！」

「わたしどもみんな、大教室でお待ちしていますのよ」

「いや、その、しかしですね。ぼくは——ぼくは、話すことなどなんにもない」

「そんなこと、何でもよろしいのです、ミスター・ウースター。思いつかれることを何でも。明るくお話しくださいな」トムリンソン校長は言いました。「明るく、楽しい話題を」

「明るく楽しい話題？」

「ええ、面白いお話かなにか。でも、基本は真面目でお願いしますね。あの娘《こ》たちは人生のスタート台に立っているわけですから、勇敢で役に立って元気づけられるようなお話——一生の記憶に残るようなお話を聞きたがっているんですよ。でも、もちろんそんなことは百もご承知ですわね。さあ、行きましょう、ミスター・ウースター。若い人たちが待っています」

冒頭で私は、紳士に仕える紳士の生活において機略の才が果たす役割をお話しいたしました。周囲がたやすく協力してくれそうにない場面においては、これが特に大切になります。人生における重大事の多くは閉ざされた扉の向こうで起こるものでありますから、紳士に仕える紳士といたしましては、事態の進行に後《おく》れをとらぬため、知恵を絞って——かぶりつきでの観戦は無理としても——せめて声だけででも成り行きを把握しておかねばなりません。鍵穴に耳を押しつけるという手段を、私は下劣で品位のない行為として排斥《はいせき》いたしますが、そこまで身を落とさなくとも、大抵はなんとかなってまいったものです。

今回は極めて簡単でした。大教室は一階にあり、たっぷりと幅のあるフランス窓は、好天気のため目いっぱい開け放ってありました。教室の外のベランダといいますかポーチといいますか、そこに立っている大円柱の陰に身を置きますと、すべてが見聞きできました。決して逃《のが》すことのできない場面です。一目見れば、事態がウースター様の手に負えないことは明白でした。

ウースター様は、ただ一つを除くすべての好ましい資質を備えた若い方です。もっとも、その一つとは頭脳ではありません。というのも、ご主人が頭脳を持っているのは望ましくないからです。私の言わんとしている資質は定義が難しいのですが、まあ、非常事態に対処する才能とでもいいましょうか。非常事態に遭遇なさると、ウースター様はすぐに気弱な笑みを浮かべて目の玉を飛び出させてしまわれます。貫禄といったものが皆無なのです。私は何度も、前の主人モンタギュー・トッド様の臨機応変の機転を少しばかりお分けして差し上げられないものかと思ったものでした。みなさまもよくご存じの、いまは刑期の二年目をつとめていらっしゃる投機家のトッド様です。あの方を張り倒そうと意気込んでやってこられた方々が、三十分後には差し出された葉巻をくゆらし、心の底から笑いさざめいて帰って行かれるのを、私は何度も目にしました。トッド様にとっては、満場の若い女生徒に即興の話をするくらい児戯に等しかったでしょう。トッド様がその気になれば、話の終わりまでには、すべての女生徒にポケットから小遣いを全部はたかせて、いくつも経営なさっているご自分の会社の株に投資させることさえ朝飯前だったでしょう。しかしウースター様にとっては、今の経験は最悪の苦行でしかないようでした。ウースター様がちらりと目をおやりになると、女生徒たちは全員揃って瞬き一つせずに見返します。ウースター様が瞬きをして、おずおずと上着の袖をつまみます。見ていると、手品見物に来たはにかみ屋の若者を思い出します。無理やり舞台に引き上げられ、手品師の助手役になったと思ったら、頭のてっぺんから兎やゆで卵が飛び出してまごついている若者。

　講演会は、トムリンソン校長による短くも厳かな紹介から始まりました。
「みなさん。あなたがたの中には、こちらのミスター・ウースターにお目にかかったことのある人もいるでしょう。有名なミスター・バートラム・ウースターです。少なくともお名前だけは、ここの誰もがうかがっているはずです」困ったことに、ウースター様はここで喉の奥からひきつった笑い声を出し、トムリンソン校長の視線に会って真っ赤になられました。トムリンソン校長は話に戻ります。「ご親切にも、お発《た》ちになるまでの時間を使ってお話をしてくださることになりました。みなさん、しっかり聞くのですよ。それでは、始め」

最後の二言と同時に、校長は右腕を大きく振りました。ウースター様は「始め」の言葉を自分に向けられたものと理解なさったらしく、咳払いを一つして口を開きかけました。しかしそれは女生徒に向けられた合図か号令だったようで、この言葉が響くが早いか全校生徒が一斉に立ち上がり、大合唱を始めました。メロディのほうは忘れてしまいましたが、幸い歌詞のほうは覚えております。以下のとおりです。

ようこそ、いらっしゃいませ！
ようこそ、いらっしゃいませ！
ようこそ、お客さま
ようこそ
ようこそ
ようこそ、いらっしゃいませ！

ようこそ、いらっしゃいませ！

歓迎いたします！

音階については相当の自由が許されているようで、調和や統一の意思は全く感じられませんでした。めいめいが勝手に歌い進め、終わったら他の連中がついてくるのを待つという実に奇妙な演奏でしたが、私としては実に清々《すがすが》しい気持ちでした。しかし、ウースター様は身体に一撃食らったようなご様子でした。二、三歩後退し、身を守るように腕を前にお上げになりました。さて、騒ぎも次第に収まり、教室には期待が充満します。トムリンソン校長はこわもての笑顔をウースター様に向け、ウースター様は瞬きを一度、唾を飲み込むこと二度、ふらふらと前に進まれました。

「えーと、そうだねえ――」

そこで、この出だしは適切な重々しさに欠けると気がつかれたようでした。

「淑女のみなさん――」

最前列でコロコロと笑い声がして、ウースター様は再びつっかえてしまいました。

「みなさん！」トムリンソン校長の声でした。低く柔らかい声でしたが、効果は覿面《てきめん》でした。完全なる静寂がその場の全員を包んだのです。校長とは短時間のお付き合いですが、これほど感服させられる女性にはお目にかかったことはないと申してよろしいでしょう。比類なきまでの掌握力ではありませんか。

トムリンソン校長は早くもウースター様の弁舌能力を正確に見極め、実《み》のある講演は期待できないとの結論に達したようです。

「それでは、遅くなってきましたし、お時間もあまりないようですから、ミスター・ウースターには、みなさんの一生の役に立つような短いご教訓をお願いして、その後校歌を歌い、あとはめいめい午後の授業に戻ることにします」

校長がウースター様のほうに向きなおります。ウースター様はシャツの襟ぐりに指をすべらせました。

「教訓？　一生の役に？　何ですって？　でも、ぼくは――」

「ほんの簡単なご助言ですよ、ミスター・ウースター」トムリンソン校長がきっぱりと言いました。

「じゃあ、その――ええと、そう――うん――」ウースター様が頭脳を働かせようと苦しんでおられるのを見るのは、辛いことでした。「そうだ、何度もぼくの役に立ってくれた教訓があるから、それを話そう。めったに知ってる人のいない話だぜ。ぼくが初めてロンドンに来たときに、伯父のヘンリーがこう言って教えてくれたんだ。『忘れちゃいかんぞ。ストランドのロマーノ・レストランの外に立つと、フリート・ストリートの裁判所の壁の時計が見える。これを知らないやつは、そんなことありえんと思いこんどるものだ。というのも、大通りの真ん中に教会が二つばかり割り込んで立っとって、それが邪魔しそうな気がするんだな。ところが、見えるんだ。知っておいて損はない。そのことを知らないやつと金を賭けて大儲けできるぞ』とね。いやあ驚いたねえ、それが本当なんだ。これは覚えておく価値がある。ぼくなんて何ポンド——」

トムリンソン校長が大きな空咳をしたので、ウースター様はぎょっとして言葉をお切りになりました。

「たぶん」冷たい、抑揚のない声で校長先生はおっしゃいました。「何かちょっとした小話でもしていただいたほうがいいでしょう。いまのお話は大変興味深くはありますが、少々——」

「えっ、ああ、そうですね」ウースター様がおっしゃいました。「小話？　小話ねえ？」完全に進退窮まったようでした。お気の毒なウースター様。「じゃあ、株屋と踊り子の話は聞いたことがあるかい？」

「これから校歌を歌います」氷山のようにぬっと立ち上がったトムリンソン校長が宣言しました。

私は校歌斉唱のまえに引き上げることにしました。ウースター様がすぐに車をご入用になるのが分かっていましたから、広場に戻って準備をしておりました。

長く待つことはありませんでした。ウースター様はすぐおいでになりました。よろめくようにして。あの方のお顔は、外から読めないような謎めいたものではありません。お逆に、ちょっとした心の揺れも刻々と分かる、澄み切った水のようなお顔なのです。お考えは手にとるように分かりましたし、次におっしゃった言葉も予想どおりでした。

「ジーヴズ」しゃがれ声でした。「ポンコツの修理はすんだか？」

「はい、たったいま。ずっとかかりきりでございました」

「じゃあ、すぐ出してくれ」

「若いご婦人方に講演をなさるはずでは？」

「ああ、それはやったさ！」驚くほどの速さでぱちぱちっと瞬きして、ウースター様はおっしゃいました。「うん、やった」

「首尾よく行かれたものと存じますが？」

「うん、うん、もちろん。大変な上首尾さ。あんなのお茶の子だよ。でも――ええと――そろそろ行ったほうがよさそうだ。あまり歓待に甘えてはいかん、な？」

「は、まことに」

私が運転席に乗り込んでエンジンをかけようとしたそのとき、何人かの話し声が聞こえてきました。それを聞くや、ウースター様は驚くべき身のこなしで後部座席に飛びこまれました。首を回して見てみますと、床に平たくなって毛布をかぶっていらっしゃいます。最後に見えたのは、すがりつくような両の目でした。

「あなた、ミスター・ウースターをお見かけしなかった？」

トムリンソン校長が広場に入ってきました。そばには、アクセントからしてフランス人とおぼしき女性が従っています。

「いいえ、先生」

興奮した様子のフランス人女性は母国語で何か叫びました。

「何か不都合でもございましたか？」私が尋ねました。

平常時であれば、トムリンソン校長は心の悩みを他人の従僕などに——どんなに同情深そうな顔つきの従僕でも——打ち明けるような女性ではないでしょう。その校長が、私に打ち明けなさったことからしても、動揺の大きさがうかがえます。

「ええ、ありますとも！ 子供たちが林の中で煙草を吸っているのを、このフランス語の先生が見つけたんです。問いただしてみると、ミスター・ウースターからもらったというじゃありませんか」校長は振り向きました。「あの人、まだ庭のどこかか、校舎の中にいるに違いありません。気が狂ってるとしか思えないわ。行きましょう、マドモワゼル！」

ウースター様が毛布の下から亀のように頭をお出しになったのは、一分ほどたってからでした。

「ジーヴズ！」

「はい」

「早く行け！ エンジンをかけろ！ 出るんだ、突っ走れ！」

私は自動イグニションを踏みました。

「学校の外に出るまでは、慎重に運転したほうがいいと存じます」私が申しました。

「若いご婦人を轢《ひ》いてもいけませんから」

「いかんことがあるか？」ウースター様はびっくりするような厳しい声でおっしゃいました。

「トムリンソン校長を轢くわけにも参りませんでしょう？」

「よせ！」ウースター様の声には、切ない望みがこもっておりました。「その気にさせるな！」

「ジーヴズ」それから一週間ほどたった夜、私がウィスキーとソーダ・サイフォンをお持ちしますと、ウースター様がおっしゃいました。「実に快適だなあ」

「とおっしゃいますと？」

「快適、安楽、そして愉快だ。だってそうだろう。時計を見ながら、おまえが飲み物を持ってくるのが遅れるんではないかと思っていると、一分たがわずやってきて、いつものテーブルに置いて出ていく。次の晩もやってきて置いて出て行く、そのまた次の晩も——何の心配もない、安らかな気持ちさ。まったく和《なご》むね！ そう、和むというのがぴったりだ」

「はい。あ、そういえば——」

「何だい？」

「適当なお屋敷は見つかりましたか？」

「屋敷？ 何の話だ、屋敷って？」

「わたくしの了解では、このマンションは引き払われて、ミセス・スコルフィールドや三人のお嬢さまといっしょにお住まいになれるよう、大きなお屋敷にお移りになるご予定かと」

ウースター様は激しく身震いなさいました。

「あれはやめだ、ジーヴズ」

「よろしゅうございます」私はお答えしました。

(*Bertie Changes His Mind*, 1922)

『ジーヴズの事件簿』刊行によせて

トニー・リング
英国ウッドハウス協会機関紙『ウースター・ソース』編集長

「ご同輩、あなたはついていらっしゃる」

スティーヴン・フライ（一九九〇年代前半に放映されて好評を博した「ジーヴズ&ウースター」シリーズ四本でジーヴズを演じた現代の名俳優）は、世界中のウッドハウス協会メンバーが選んだウッドハウスのベスト短篇集『おや、どうした！――よりぬきP・G・ウッドハウス』（*What Ho! The Best of P.G. Wodehouse*）の序文において、開口一番こう述べている。フライの言わんとしているのは、大半の読者はウッドハウスの作品を読み尽くしているわけではあるまいから、この本に選ばれた短篇だけでなく、いずれは七十冊の長篇と三百本の短篇という宝の山に分け入る楽しみがあるということだ。

P・G・ウッドハウス（一八八一〜一九七五）は四人兄弟のひとりとして生まれ、幼児期を香港で過ごしたが、少年時代はイングランドで複数のおばたちのやっかいになって育った（後に彼女らはウッドハウスの作品でこっぴどくやっつけられる）。社会に出たウッドハウスは機会をとらえて合衆国に渡り、ミュージカルの作詞家として名声を獲得した。この分野で成功したこと、ユーモア小説の書き手としての評価がぐんぐん上昇したことのおかげで、ウッドハウスはイングランド、合衆国、フランスの間を移動しながら——ほとんど通勤しながら——人生を送るようになる。

ウッドハウスの死後、人気は一時衰《おとろ》えたが、この十五年の間に世界中で新しい人気が生まれている。この序文を書いている私の机に載っている新聞記事には、現ケニア大統領は職責の重圧から逃れるためにベッドでウッドハウスに読みふけるとある。同じ週の別の新聞には、「大躍進しつつあるインドの情報テクノロジー」にたずさわる頭脳たちが「P・G・ウッドハウスにまつわるもろもろの事柄」にぞっこんになっていると述べている。さらにまた、『タイムズ』はコラムをまるまるひとつ費やして、恋愛小説の書き手としてのウッドハウスの業績にかんがみ、バレンタイン・デイは「ガッシー・デイ」（ウッドハウス小説の名脇役ガッシー・フィンク＝ノットルにちなんで）と改めるべきだと主張している〔二月十四日はウッドハウスの命日。この日には世界中のウッドハウス・ファンは、チョコレートと恋人の甘さよりも、ウッドハウスの作品のいくつかを思い出してにやりとする習慣となっている〕。過去一年のうちにアゼルバイジャン語とラトビア語のウッドハウスが初出版されたことを考えれば、愛読者層が英語圏にとどまるものでないことは明らかだろう。

つまり、ウッドハウスはさまざまなレベルで楽しむことができるのだ。おそらく、本訳書を手に取る方々の多くは、原語でも、数十年の昔に出版された数少ない日本語訳でもウッドハウス作品になじみはあるまい。ウッドハウスの世界を楽しみつくすためには、想像力をフルにはばたかせて別世界へといざなわれることが必要だ――それは八十年ばかりさかのぼった世界、二十世紀初頭のイングランドをおおよそのモデルとした世界であり、その世界に生きた人々の欠点は喜劇的効果のために誇張されている。好感の持てる人物もいれば、いささかの信用もならない人物もいる。若い男たちの多くは、親族たちが認めてくれない娘と結婚してやってゆくための資金を手にすることを人生至上の目的としており、相手の娘たちの多くは強烈な個性に彩《いろど》られている。とことん贅肉《ぜいにく》をそぎ落とされたプロットは、滑稽《こっけい》にして満足すべき大団円めざして進んでゆく。けれども、この世界にはテレビもホームビデオもなく、自動車やラジオやレコードさえめったに現われないのである。

賢明な奴隷と間抜けな主人というコンセプトは、ローマ時代――ひょっとするとそれ以前――にさかのぼる。ウッドハウスの功績のひとつは、主人のウースター、そして特に従僕のジーヴズという名前を現代イングランドの人々があたりまえに使うボキャブラリーに加えたこと、それらの名前に特別の意味合いを与えたことである。それを最も端的に示すものとしては、インターネットのサーチエンジン「アスク・ジーヴズ」が挙げられよう。このエンジンを立ち上げた二人のウッドハウス・ファンは、ジーヴズといえば「ああ、あの何でも知ってる従僕か」と一発で分かってもらえる利点を大いに活用したわけである。また、英語圏ではウッドハウスの文章がしばしば引用されるが、多くの場合はウッドハウスという引用元さえ付記されない。多くの読者には、前後の文脈から見当がついてしまうのだ。

本短篇集をセレクトするのはなかなかの難事だったろうと思う。ジーヴズ&ウースターものの短篇は長篇十一本におおむね先行する形で三十本あまりが存在し、そのすべてを一冊に収録するわけにはいかないからである。中核として選ばれた『無類のジーヴズ』(*The Inimitable Jeeves*)は一連の短篇集のうちで最もまとまりのいいものであり、それに加えて、ジーヴズがバーティ・ウースターの人生に現われたきっかけを語る短篇、重要な脇役たちが活躍する短篇いくつかがピックアップされている。たいへん賢明な選択であり、原語の微妙なニュアンスを求めて訳者たちがよこした質問から判断すれば、もとの英語の精神が十分に生かされることであろう。訳者の一人は長年の英国ウッドハウス協会員であり、ウッドハウス世界の雰囲気をよりよく理解するために二〇〇四年の総会に参加しさえしてくれた。

とはいえ、ウッドハウス作品のもうひとつの特質を百パーセント伝えることは至難の技であろう。他の人間の書き癖やしゃべり癖《ぐせ》を取り入れる――とりわけ、それを使って喜劇的効果を生み出す――技術にかけて、英語圏でウッドハウスの右に出る作家はいない。単純な引用をねじまげて読者を捧腹絶倒《ほうふくぜっとう》させるのはウッドハウスの十八番だが、多くの場合、もとの引用を知らなければ面白みをまるごと味わうことができない。残念なことに、英語国民といえども四十歳以下の人々の多くはこうした引用に首をかしげるだろう。もっとも、英文学になじみのある方ならばこうしたジョークも分かるだろうし、この問題を翻訳が部分的にせよ解決しているとすれば、それは訳者の功績である。

かつてウッドハウスを読んだことのある読者は旧友に会うような気分で本書をひもとかれるだろうが、多くの方々にとって本書は未知への旅路ではなかろうか。スティーヴン・フライが言ったように、宝の山が読者を待っているのだ。巧緻な筋立て、個性豊かな登場人物、絶妙の伏線とどんでん返しに至福の思いを味わっていただきたい。そうそう、本選集の第二巻にはいっそうシュールなブランディングズ城ものがひかえているようだから、想像力の大飛躍にそなえて準備体操をお忘れなく。

グレート・ミセンデン、イングランド

二〇〇五年二月

（初出『P・G・ウッドハウス選集I　ジーヴズの事件簿』序文　２００５）

P・G・ウッドハウス小伝

ペラム・グレンヴィル・ウッドハウスは、一八八一年に英国サリー州のギルフォードで生まれた。ペラム（Pelham）というファーストネームは珍しいが、ウッドハウス本人は「グレンヴィル」というミドルネーム共々あまり気に入っていなかったらしく、『サムシング・フレッシュ』（*Something Fresh* 一九一五）の序文でこのように述べている。

「洗礼の水盤に連れてこられた私は、牧師がその二つの名を口にするのを聞いて猛烈に抗議したのだが、牧師は頑固だった。私にひとしきり声を上げさせておいて、おもむろにこう言った。『ともあれ、汝《なんじ》をペラム・グレンヴィルと命名する』。どうやら名付け親の名前を頂いたらしいのだが、そのことを示す品といえば小さな銀のマグカップ一つきりで、それも一八九七年にどこかにやってしまった」

間もなく「ペラム」は親しい人々の間で「プラム（Plum）」と呼びならわされるようになった。「プラム」はウッドハウスの通り名として、現在でもファンたちに親しまれている。

一八九四年にロンドン近郊のパブリック・スクールであるダリッジ・カレッジに入学したウッドハウスは、校内誌の編集に携《たずさ》わり、在学中にものした文章で「パブリック・スクール・マガジン」誌の懸賞に当選して初めての原稿料を稼いでいる。また、ダリッジでは学業とスポーツの両方を大いに楽しんだ。ギリシャ・ラテンの古典から近代英国にいたる文学の素養を深めつつ、学校のスポーツ選手としても活躍している。パブリック・スクールでの大定番といえるラグビー、クリケットはもとより、ジャンプ競技で賞を獲ったり、ボクシング選手として名を上げたりした。こうしたスポーツは、作家デビュー後のウッドハウスに尽きせぬ題材を提供することになる。

ダリッジ卒業後、ウッドハウスは兄の後を追ってオックスフォード大学に入学するつもりでいた。ところが、家計の急変によって大学進学は不可能になってしまう。一九〇〇年にウッドハウスは香港上海銀行ロンドン支店（現在でもＨＳＢＣとして知られる世界有数の英系の銀行）に採用され、それからの二年間、昼は銀行に勤め夜は雑誌の記事を書いて過ごすという二重生活を続けた。

シティの銀行勤めという経験は、一九一〇年の長編『シティのスミス』（*Psmith in the City*）に題材を提供している。だが、ウッドハウス本人は銀行での仕事にさっぱり興味が湧かなかったらしく、二年後に海外駐在の話が回ってきたときに辞職している。ウッドハウスの戯文《ぎぶん》にいわく――

「銀行という商売について、私の頭に残ったことはたった二つだけ。まずは、今後の昼食はバターロール一個とコーヒーで済ませなければならないということ。学校時代の昼食はたらふく楽しませてもらっただけに、こいつは私を芯から揺さぶった。もうひとつは、一ヶ月で三回遅刻したらクリスマスのボーナスがふいになるということ。一九〇一年から一九〇二年にかけてのシティ名物のひとつは、私が仕事場へと突進する光景だった。最終コーナーを曲がった私は、上着の裾をはためかせ、足を大回転させて、歓呼の声を浴びつつ銀行に滑《すべ》りこむのだ。おかげで、私は健康そのものだった。昼のバターロールが待ち遠しかったこと」

二十世紀の最初の十年ほどを、ウッドハウスはありとあらゆる雑誌に寄稿して過ごす。後年、借金王の怪男児ユークリッジを主人公にしたシリーズを開始したとき（翻訳は文藝春秋より『ユークリッジの商売道』）、ウッドハウスはユークリッジの相棒としてお人好しの青年文筆家コーキーを登場させているが、コーキーの奮闘ぶりはそのまま若き日のウッドハウスのものであったように思われる。また、ユークリッジのモデルの一人であるハーバート・ウェストブルックに招かれてハンプシャーのエムズワース村に出かけ、スリープウッド・コテージに滞在したりしたのもこの頃である。「エムズワース」と「スリープウッド」の名前は、ウッドハウスの看板シリーズのひとつである「ブランディングズ城もの」（翻訳は文藝春秋より『エムズワース卿の受難録』）で重用されることになった。

文筆や芝居の世界を志すボヘミアンな若者たちとの交流が深まっていったこの十年間は、青年客気の修行時代であるとともに、ウッドハウスの壮年期の重要な柱となってゆく要素――ミュージカルを中心とする劇界とのつながり、後のコミカルなシリーズ物、そして米国との縁――が芽生《めば》えた時代でもある。

一九〇四年に初めて作詞に手を染めたウッドハウスは、一九〇六年にはオールドウィッチ劇場でアンコール用の曲の作詞を受け持つようになり、英国を訪れていた若き米国の作曲家ジェローム・カーンとの仕事を経験する。同じ一九〇六年には、それまでパブリック・スクールのスポーツを中心的な題材としていた創作活動の目先を変え、ユークリッジものの第一作であるコミカルな長編小説『ヒヨコ天国』(*Love Among the Chickens*)を発表。一九〇四年と一九〇九年には米国に渡り、新しい繁栄の息吹《いぶき》を目のあたりにしている。

一九一四年に第一次世界大戦が勃発すると英国で軍に志願するが、視力を理由に不合格。大戦の時期のほとんどを米国で過ごし、米国が参戦すると米軍にも志願したが、やはり身体的理由で拒絶された。同じく一九一四年には生涯の伴侶《はんりょ》となるエセル夫人と結婚し、一九一九年まで米国のファッショナブルな雑誌「ヴァニティ・フェア」の寄稿者となって、多いときにはなんと一回に五つの記事を書いている。

「ヴァニティ・フェア」で劇評も担当したウッドハウスは劇場でジェローム・カーンに再会し、それをきっかけに二人のコラボレーションが再び開始されることになった。一九一七年にミュージカル「オー・レイディ！　レイディ！」のためにウッドハウスとカーンが書いた曲「ビル」(Bill) は、このミュージカルで歌われるには陰影を帯びすぎているという理由でお蔵入りになってしまったが、一九二七年にカーンとオスカー・ハマースタインのミュージカル「ショウ・ボート」のナンバーとして採用され、名曲として現在に名を残すことになった。「ショウ・ボート」のオリジナル・キャストであるトーチソングの女王ヘレン・モーガンが歌った「ビル」の録音はインターネットで容易に聞くことができるので、ぜひ聞いてみてほしい。モーガンの歌いぶりには実に時代の雰囲気が感じられ、ウッドハウスの歌詞も、ウッドハウス調を随所に感じさせつつ見事なラブソングに仕上がっている。

ウッドハウスの小説作品の中核をなすコミックな作品群も、この時代から堰《せき》を切ったように続々と現れている。一九一五年、『サムシング・フレッシュ』刊行。ウッドハウスの名声はこの作品で確立された。一九一五年はまた、ウッドハウスの金看板である「バーティ・ウースター&ジーヴズもの」の原型「ガッシー救出作戦」が「サタデイ・イヴニング・ポスト」に掲載された年として記憶に値する。スペースの都合で本文庫版には収録しなかったが、文藝春秋のハードカバー版『ジーヴズの事件簿』には「ガッシー救出作戦」が特別収録されているので、有志の読者は参照いただきたい。「ガッシー救出作戦」ではわずか二つのせりふを与えられているだけのジーヴズは、一九一九年の単行本『マイ・マン・ジーヴズ』(*My Man Jeeves*)で堂々たる主人公となり、「バーティ&ジーヴズもの」は短編・長編と末永く書き継がれてゆくことになる。

一九一九年には、さるゴルフ倶楽部の「最長老《オールデスト》メンバー」が語る「ゴルフもの」が書き始められる(翻訳は集英社より岩永正勝・坂梨健史郎訳で『P・G・ウッドハウスの笑うゴルファー』)。一九二六年には、パブ「釣遊亭(アングラーズ・レスト)」の常連ミスター・マリナーが語る奇想天外なホラ話シリーズ「マリナー氏もの」(翻訳は文藝春秋より『マリナー氏の冒険譚』)がスタート。本文庫で『ジーヴズの事件簿』に続き刊行される「ドローンズ倶楽部もの」は一九三一年にスタートした。一九二〇年代から一九三〇年代、ウッドハウスの創作はまさに脂《あぶら》の乗り切った黄金時代を迎えることになる。

米国と英国で仕事を抱えていたウッドハウスは、大西洋を客船で忙しく往復している。両国に税金を二重取りされる破目になってしまったため、三〇年代にはドーヴァー海峡に近いフランスのル・トゥケに家を買い、ヨーロッパでの仕事はル・トゥケをベースにこなすことにした。そのせいで、後述する第二次世界大戦中の事件が起きてしまうのだが……。

三〇年代には、ウッドハウスはMGMと契約を結び、ハリウッドの映画業界ともかかわりを持つようになる。ハリウッドでの待遇は週給二千ドルと結構なものだったが、ウッドハウスがあてがわれた仕事にはあまりパッとしたものがない。一九三〇年、ミュージカル「ロザリー」を映画化する準備としての小説化を受け持ったが、その作業が終わった後になって「ロザリー」映画化は棚上げ。ウッドハウスは映画業界に対する不満を記者にぶちまけ、契約を打ち切られている。一九三六年にはふたたび「ロザリー」映画化のためハリウッドに雇われたが、ウッドハウスの仕事はほとんど役立てられなかった。続いて、ガーシュウィン兄弟と組んでウッドハウス自身の小説『囚《とら》われのお嬢様』(*A Damsel in Distress*)をミュージカル映画化する計画がもちあがり、これは三七年にフレッド・アステア主演の映画(邦題は『踊る騎士《ナイト》』)として実現する。だが、アステアの相手役が歌も踊りも不得手なジョーン・フォンテーンだったせいか、『踊る騎士』はアステアの映画として初の赤字という不名誉な記録を残してしまう。ハリウッドでのウッドハウスのキャリアは、とことんツイていないとしか言いようがない。「マリナーもの」にはハリウッドのスタジオ風景が登場する短編もあるが、諷刺《ふうし》にいつもより毒がこもっているような気がするのはそのためだろうか。

一九三九年にウッドハウスは、オックスフォード大学から名誉文学博士号を授与されるため英国を訪れたが、これがウッドハウス最後の英国訪問となった。その主な原因は、一九四〇年にフランスに侵攻してきたドイツ軍によってウッドハウスが捕えられ、自分の無事を米国の友人に知らせたい一心でドイツの米国向けラジオ放送に出演してしまった事件であろう。内容は他愛ないものに過ぎなかったが、敵国のラジオに出演したという事実がジャーナリズムの槍玉に挙げられ、ウッドハウスは袋叩きに遭った。英国で敢然とウッドハウス擁護の論陣を張った人々の中にいたのが、政治的立場を大いに異にする二人の小説家――左派のジョージ・オーウェルと保守派のイーヴリン・ウォー――である。

戦後、ウッドハウスはフランスを離れて米国に定住し、一九五五年には米国の市民権を取得する。書き手としてのウッドハウスの名声を確立した猛烈なプロ意識は戦後も衰えることがなく、彼はトレードマークの入念な手直し作業によって隅々まで彫琢《ちょうたく》された文章で作品を世に送りつづけた。一九七五年にウッドハウスは九十三歳の高齢で世を去ったが、そのときも次回作（ブランディングズ城もの）を半分まで書き進め、残り半分についても覚え書きを残していた。この作品は、リチャード・アズボーンによる注釈を付せられて『ブランディングズの黄昏《たそがれ》』（*Sunset at Blandings*）という題名で出版されている。

小山太一

単行本　二〇〇五年五月　文藝春秋刊
『P・G・ウッドハウス選集I　ジーヴズの事件簿』より
目次・扉デザイン　森ヒカリ

THE CASEBOOK OF JEEVES I
by P. G. Wodehouse

Edited and translated by Masakatsu Iwanaga & Taichi Koyama

文春文庫

ジーヴズの事件簿《じけんぼ》
才智縦横《さいちじゆうおう》の巻《まき》

定価はカバーに
表示してあります

2011年5月10日　第1刷
2018年11月25日　第14刷

著　者　P・G・ウッドハウス
編訳者　岩永正勝《いわながまさかつ》・小山太一《こやまたいち》
発行者　花田朋子
発行所　株式会社　文藝春秋

東京都千代田区紀尾井町 3-23　〒102-8008
TEL　03・3265・1211㈹
文藝春秋ホームページ　http://www.bunshun.co.jp
落丁、乱丁本は、お手数ですが小社製作部宛お送り下さい。送料小社負担でお取替致します。

印刷製本・大日本印刷

Printed in Japan
ISBN978-4-16-770592-3

「大胆不敵の巻」目次

トゥイング騒動記
クロードとユースタスの出航遅延
ビンゴと今度の娘
ジーヴズと白鳥の湖
ジーヴズと降誕祭気分
ビンゴはすべて事もなし（文庫版特別収録）

『ドローンズ・クラブの英傑伝』目次

アメイジング・ハット・ミステリー
すべてのネコにさようなら
スティッファム家のツキ
タッズリーからの脱出
ビンゴのペキ騒動
仮面の吟遊詩人
編集長は本件を深く遺憾とし……
溶鉱炉の試練
コージーコット荘の混迷事件
フレディとウーフィーのプロレス同盟
脂肪の塊
アルジーにお任せ
マック亭のロマンス(特別収録作品)

「エムズワース卿の受難録」目次

南瓜が人質
伯爵と父親の責務
豚、よォほほほほーいー!
ガートルードのお相手
あくなき挑戦者
伯爵とガールフレンド
ブランディングズ城を襲う無法の嵐
セールスマンの誕生
伯爵救出作戦
フレディの航海日記
天翔けるフレッド叔父さん(特別収録作品)

（　）内は解説者。品切の節はご容赦下さい。

デス・コレクターズ
ジャック・カーリイ（三角和代　訳）
三十年前に連続殺人鬼が遺した絵画が連続殺人を引き起こす！異常犯罪専従の捜査員カーソンが複雑怪奇な事件を追う。驚愕の動機と意外な犯人。衝撃のシリーズ第二弾。（福井健太）
カ-10-2

ブラッド・ブラザー
ジャック・カーリイ（三角和代　訳）
刑事カーソンの兄は知的で魅力的な殺人鬼。彼が脱走、次々に殺人が。兄の目的は何か。衝撃の真相と緻密な伏線。ディーヴァーに比肩するスリルと驚愕の好評シリーズ第四作！（川出正樹）
カ-10-4

髑髏の檻
ジャック・カーリイ（三角和代　訳）
宝探しサイトで死体遺棄現場を知らせる連続殺人。天才殺人鬼を兄に持つ若き刑事カーソンが暴いた犯罪の全貌とは？　驚愕の展開を誇る鬼才の人気シリーズ第六作。（千街晶之）
カ-10-6

キリング・ゲーム
ジャック・カーリイ（三角和代　訳）
手口も被害者の素性もバラバラな連続殺人をつなぐものとは？ルーマニアで心理実験の実験台になった殺人犯の心の闇に大胆な罠を仕込む超絶技巧。シリーズ屈指の驚愕ミステリー。
カ-10-7

厭な物語
アガサ・クリスティー　他（中村妙子　他訳）
アガサ・クリスティーやパトリシア・ハイスミスの衝撃作からロシア現代文学の鬼才による狂気の短編まで、後味の悪さにこだわって選び抜いた〝厭な小説〟名作短編集。（千街晶之）
ク-17-1

ガール・セヴン
ハンナ・ジェイミスン（高山真由美　訳）
家族を惨殺され、一人ロンドンの暗黒街で生きる21歳の娘、石田清美。愛する人のいる日本へ帰るべく大博打に出た彼女は犯罪の渦中へ。25歳の新鋭が若い女性の矜持を描くノワール。
シ-23-1

悪魔の涙
ジェフリー・ディーヴァー（土屋　晃　訳）
世紀末の大晦日、ワシントンの地下鉄駅で無差別の乱射事件が発生。手掛かりは市長宛に出された二千万ドルの脅迫状だけ。捜査本部は筆跡鑑定の第一人者キンケイドの出動を要請する。
テ-11-1

（　）内は解説者。品切の節はご容赦下さい。

青い虚空
ジェフリー・ディーヴァー（土屋　晃　訳）
護身術のホームページで有名な女性が惨殺された。やがて捜査線上に〝フェイト〟というハッカーの名が浮上。電脳犯罪担当刑事と元ハッカーのコンビがサイバースペースに容疑者を追う。
テ-11-2

神は銃弾
ボストン・テラン（田口俊樹　訳）
娘を誘拐し、元妻を惨殺したカルトを追え。元信者の女を相棒に、男は血みどろの追跡を開始。CWA新人賞、日本冒険小説大賞受賞、'01年度ベスト・ミステリーとなった三冠達成の名作。
テ-12-1

音もなく少女は
ボストン・テラン（田口俊樹　訳）
荒んだ街に全てを奪われ、耳の聞こえぬ少女は銃をとった。運命を切り拓くために。二〇一〇年「このミステリーがすごい！」第二位、読む者の心を揺さぶる静かで熱い傑作。　（北上次郎）
テ-12-4

その犬の歩むところ
ボストン・テラン（田口俊樹　訳）
その犬の名はギヴ。傷だらけで発見されたその犬の過去に何があったのか。この世界の悲しみに立ち向かった人々のそばに寄り添った気高い犬の姿を万感の思いをこめて描く感動の物語。
テ-12-5

推定無罪（上下）
スコット・トゥロー（上田公子　訳）
リアルな法廷描写とサスペンス、最後に明かされる衝撃の真相！　ハリソン・フォード主演で映画化された伝説の名作、ここに復活。1988年度の週刊文春ミステリーベスト10、第1位。
ト-1-11

無罪 INNOCENT（上下）
スコット・トゥロー（二宮　磬　訳）
判事サビッチが妻を殺した容疑で逮捕された。法廷闘争の果てに明かされる痛ましく悲しい真相。名作『推定無罪』の20年後の悲劇を描く大作。翻訳ミステリー大賞受賞！　（北上次郎）
ト-1-13

数学的にありえない（上下）
アダム・ファウアー（矢口　誠　訳）
ポーカーで大敗し、マフィアに追われる天才数学者ケイン。彼のある驚異的な「能力」を狙う政府の秘密機関と女スパイ。確率論と理論物理を駆使した、超絶技巧的サスペンス。　（児玉　清）
フ-31-1